Der blinde Spiegel

AF215090

Juergen von Rehberg

Der blinde Spiegel

Bibliografische Information der Deutschen Nationalbibliothek:
Die Deutsche Nationalbibliothek verzeichnet diese
Publikation in der Deutschen Nationalbibliografie;
detaillierte bibliografische Daten sind im Internet
über http://dnb.dnb.de abrufbar.

Herstellung und Verlag: BoD – Books on Demand,
Norderstedt

ISBN: 978-3-7460-9552-3

„Man kann es von hier aus nicht sehen, man müsste näher heran", sagte KHK Heller, *„und wenn sein Auto nicht in der Garage steht, dann können wir sowieso gleich wieder abziehen."*

„Lass dich nur nicht aufhalten, Maigret", entgegnete KOKin Mangold.

„Aber du bist älter, du hast mehr Erfahrung", sagte KHK Heller.

„Aber du hast den höheren Dienstgrad", erwiderte KOKin Mangold.

„Ihr benehmt euch, wie ein altes Ehepaar", mischte sich jetzt KK Hofer ein.

„Das sind wir auch", sagte KHK Heller schmunzelnd, und KOKin Mangold ergänzte dies mit einem *„leider…"*

Die drei Musketiere des LKA Neufelden waren ein eingeschworenes Team. Martin Heller, 39 Jahre alt, passionierter Pfeifenraucher und Kriminalhauptkommissar.

Seine Lebensgefährtin Petra Mangold, 42 Jahre, Kriminaloberkommissarin, die ihren Liebsten ob der Pfeifenraucherei gern „Maigret" nannte, bezogen auf die Figur „Kommissar Maigret" des belgischen Schriftstellers Georges Simenon.

Und Erwin Hofer, frisch gebackener Kriminalkommissar und Freund der beiden.

Die nicht ganz ernst zu nehmende Diskussion fand im Auto vor einem Haus in der Ernst-Maurer-Straße sitzend statt, in welchem sie den dringend der Tat verdächtigen Bankräuber Goran Jukowitsch vermuteten.

Das Haus gehörte seinen Eltern, Dragan und Helene Jukowitsch. Der Vater stammte aus dem Balkan, Mutter war Deutsche.

„Was machen wir jetzt?", fragte KK Hofer,

„Nichts", antwortete KOKin Mangold, *„wir observieren und warten bis es dunkel wird. Aber vielleicht kommt der Vogel ja noch vorher aus seinem Nest."*

KHK Heller hatte strikte Anweisung von seinem obersten Chef das Haus nur dann zu betreten, wenn ganz sicher wäre, dass sich Goran Jukowitsch darin aufhält.

Obwohl KHK Heller die Leitung hatte, war KOKin Mangold unübersehbar der Boss. Sie war die älteste der drei Musketiere, und ihre Beförderung zum KHK hätte schon längst stattgefunden, wäre da nicht ein kleines Dienstvergehen gewesen.

Ein Mann machte in einer Kneipe provokante Bemerkungen zu ihrer Figur und wurde dann noch übergriffig. Das war zu viel. Die Amateurboxerin Petra Mangold schickte den bösen Buben mit einem Schlag in das Land der Träume.

Die Zeugenaussage des Wirtes, der Petra gut kannte und wohl auch mochte, konnte das Schlimmste verhindern. Aber ein Eintrag in die Dienstakte blieb dennoch.

Als es dunkel geworden war, näherten sich die drei Kriminalbeamten vorsichtig der Garage. Und dann entdeckten sie das, was sie vermutet hatten. In der Garage stand der gelbe Lamborghini von Goran Jukowitsch.

Goran Jukowitsch war kein unbeschriebenes Blatt. Einige Delikte waren ihm schon zur Last gelegt worden; aber es hatte noch nie für eine Verurteilung gereicht.

„Wieso stürmen wir nicht einfach die Hütte und schnappen uns die Ratte?", fragte KK Hofer.

„Ist unser Erwin nicht süß?", spöttelte KOKin Mangold.

„Lass das!", ermahnte KHK Heller seine Partnerin, *„du hast auch einmal klein angefangen. Oder bist du schon als Superbulle auf die Welt gekommen?"*

Petra wusste, wann sie bei ihrem Martin an die Grenzen gestoßen war. Sie lebten jetzt schon fast sieben Jahre zusammen, und sie hatte die Grenzen noch nie überschritten.

Sie hatte ihn auf einem gemeinsamen Lehrgang kennengelernt, und es hatte sofort gefunkt bei ihnen.

Kurze Zeit später hat sie sich zu seiner Dienststelle versetzen lassen.

Ihre Beziehung hatten sie lange Zeit geheim gehalten. Irgendwann kam es dann doch ans Licht, aber es blieb dennoch ohne Folgen.

„Solange Ihre Arbeit nicht darunter leidet, kann es mir egal sein", so das Credo des Direktors, Eberhard Seeger. Wahrscheinlich hat auch die Bekanntschaft von Hellers Vater, der mit dem Direktor Golf spielte, eine Rolle dabei gespielt.

Prof. Dr. Johannes Heller, bis zu seiner Pensionierung Leiter des Ewald-Hönig-Krankenhauses, war über die Berufswahl seines Sohnes nicht gerade glücklich. Er hätte ihn lieber als seinen Nachfolger gesehen.

Martin Heller hatte sogar mit dem Medizinstudium begonnen, es aber vor dem Physikum wieder geschmissen. Das führte dazu, dass Vater und Sohn sich entzweiten.

Seine Mutter hielt jedoch zu ihm und sorgte auch dafür, dass er keine finanzielle Not hatte. Es dauerte bis kurz vor seinem Tod, damit der Vater dem Sohn verzieh.

Prof. Dr. Heller ist kurz nach seinem 54. Geburtstag an Krebs gestorben.

„Ich würde mich sehr darüber freuen, wenn mir jemand sagen könnte, warum wir nicht stürmen und

den Kerl nicht jetzt aus dem Haus holen?", setzte KK Hofer noch einmal nach.

„Erstens spielen wir nicht <Rambo> und zweitens müssen wir sichergehen, ob Goran überhaupt im Haus ist. Die ganze Angelegenheit ist zudem äußerst diffizil", antwortete KHK Heller, „Gorans Vater ist im diplomatischen Dienst und genießt Immunität."

„Ja, aber das gilt doch nicht für Goran, oder?", setze KK Hofer nach.

„Nein", antwortete KHK Heller, „aber wir müssen trotzdem behutsam vorgehen."

„Scheißpolitik", gab KOKin Mangold ihren Senf dazu.

KHK Heller sah seine Gefährtin kurz an und sagte dann:

„Wir werden jetzt anläuten und höflich fragen, ob wir Herrn Jukowitsch jun. ein paar Fragen stellen können."

„Und dafür haben wir uns den halben Tag um die Ohren geschlagen?", sagte KOKin Mangold provozierend.

„Wenn dir das nicht gefällt, dann hättest du Frisörin oder Verkäuferin werden müssen", antwortete KHK Heller. „Und jetzt Ende der Diskussion."

KOKin Mangold brannte es auf den Lippen. Sie hätte ihren Martin zu gern gefragt, warum nicht „Rechtsanwältin" oder „Ärztin" statt „Frisörin" oder „Verkäuferin". Aber sie unterließ es, und das war auch gut so.

Petra Mangold war in einem Waisenhaus aufgewachsen. Wer ihre leiblichen Eltern waren, hatte sie nie erfahren. Ihre Mutter hatte sie – gleich nach ihrer Geburt – bei einer Babyklappe abgegeben.

Zu ihren Pflegeeltern hatte sie ein gutes Verhältnis, das sie auch nach ihrem Weggang aufrechterhielt. Sie war von klein auf eine Einzelgängerin.

„Ich werde die Fragen stellen, und ihr haltet die Klappe", sagte KHK Heller fürsorglich, bevor sie anläuteten.

Ein Dienstmädchen öffnete die Tür. KHK Heller hielt ihr seinen Dienstausweis unter die Nase und sagte:

„Wir möchten zu Herrn Goran Jukowitsch."

„Da muss ich erst nachfragen, ob er zu sprechen ist", antwortete die junge Frau. Das erübrigte sich jedoch, denn Goran Jukowitsch war hinter sie getreten und sagte:

„Aber ja doch, ist er zu sprechen. Kommen Sie nur herein, Herr Wachtmeister. Sie und Ihre Gehilfen müssen ja ganz durchfroren sein, nach dem stundenlangen Sitzen im Auto."

Goran Jukowitsch bat die drei Kriminalbeamten in den Salon und wies das Dienstmädchen an Getränke zu bringen:

„Kaffee oder Tee? Oder darf es auch etwas Stärkeres sein?", fragte er in spöttischem Ton.

Es kostete KOKin Mangold sichtlich Mühe Gelassenheit zu zeigen. In ihrem Inneren kochte und brodelte es wie wild.

„Weder noch, Herr Jukowitsch", beantwortete KHK Heller die Frage, *„wir möchten Sie auch nicht lange aufhalten."*

In diesem Moment betrat Dragan Jukowitsch, Botschafter von Montenegro, und Vater von Goran den Raum.

„Was ist hier los?", fragte er mit lauter Stimme, *„und wer sind diese Leute?"*

„Es ist alles in Ordnung, Vater", antwortete Goran, *„diese Männer sind von der Polizei."*

Indem er KOKin Mangold unerwähnt ließ, bekundete er die geringe Wertschätzung des weiblichen Geschlechts.

Petra Mangold ballte ihre Fäuste, und ihre Fingernägel bohrten sich dabei tief in das Gewebe ihrer Hände.

„Du kannst ruhig wieder gehen, die Herren tun nur ihre Pflicht. "

Mit diesen Worten komplimentierte Goran seinen Vater aus dem Zimmer hinaus. Danach wandte er sich zu KHK Heller.

„Was verschafft mir die Ehre ihres Besuchs, verehrter Herr Wachtmeister? "

KHK Heller ignorierte die Provokation des Mannes. Um ihn aus der Reserve zu locken, hätte es schon mehr bedurft. Dazu war er schon viel zu lange Polizist.

„Es geht um den gestrigen Überfall auf das Bankhaus Ritter in der Sterngasse ", antwortete KHK Heller.

„Aha ", antwortete Goran Jukowitsch gelangweilt und sah KHK Heller fragend an.

„Es gibt diverse Zeugen, die Sie gesehen haben ", ergänzte KHK Heller.

„Waren die gestern auch in Paris? ", fragte Goran Jukowitsch.

„Wieso Paris? ", fragte KHK Heller.

„Nun, weil ich gestern dort war ", antwortete Goran Jukowitsch.

„*Das kann nicht sein*", hielt sich jetzt KOKin Mangold nicht mehr länger zurück.

„*Sagen Sie doch bitte Ihrer charmanten Begleiterin, sie könne gern im <Ritz> nachfragen. Dort wird man ihr meine Anwesenheit bestätigen.*"

Das breite und genussvolle Grinsen brachten KOKin Mangold schier zur Weißglut. Goran Jukowitsch spielte mit ihnen, und sie mussten es wohl oder übel zulassen.

„*Wir werden das selbstverständlich überprüfen, Herr Jukowitsch*", sagte KHK Heller.

„*Kann ich sonst noch etwas für Sie tun, meine Herren?*", sagte Goran Jukowitsch und stand auf.

„*Nein, danke*", antwortete KHK Heller, „*und entschuldigen Sie bitte unsere Störung.*"

„*Keine Ursache, mein Lieber*", antwortete Goran Jukowitsch, „*ich begleite Sie noch hinaus.*"

Als sie auf dem Weg zu ihrem Wagen waren, platzte KOKin Mangold heraus:

„*Ich könnte dieses Schwein mit bloßen Händen umbringen.*"

KK Hofer verstand die Reaktion seiner Kollegin durchaus, und er pflichtete ihr auch bei; er unterließ es jedoch es auszusprechen.

15

Erwin Hofer war der Sohn und einziges Kind von Gerichtspräsident, Dr. Waldemar Hofer. Ähnlich wie Martin Heller, trat auch er nicht in die Fußstapfen seines Vaters.

Er hatte zwar Jura studiert, strebte aber eine Karriere im gehobenen Polizeidienst an. So sehr sich Petra Mangold zu Martin Heller hingezogen fühlte, so schwer tat sie sich mit ihrem Kollegen Hofer.

Erwin Hofer war dies nicht entgangen. Er hätte es gern geändert, hatte aber bisher kein moderates Mittel gefunden eine Brücke zu Petra Mangold zu bauen.

„Fahren wir zurück ins Präsidium", sagte KHK Heller, und KK Hofer startete den Wagen.

*****

Am nächsten Morgen wurde KHK Heller zu seinem Chef, Dir. Seeger, zitiert, der ihn mit den Worten empfing:

„Schließen Sie Tür und setzen Sie sich!"

KHK Heller ahnte schon, was der Grund für sein Kommen war.

„Ich habe einen Anruf aus dem Ministerium erhalten", begann Dir. Seeger und bevor er fortfahren konnte, unterbrach ihn KHK Heller mit den Worten:

„Vermutlich in Sachen <Jukowitsch>."

„So ist es, mein Lieber", antwortete Dir. Seeger, *„Sie wissen ja genauso wie ich, wie der Hase läuft."*

KHK Heller nickte. Die beiden Männer verstanden sich gut. Sie waren im selben Alter und außerhalb der Diensträume waren sie sogar per DU.

Das hing damit zusammen, dass sie aus dem selben Ort stammten. Sie hatten gemeinsam die Grundschule besucht und später auch die Polizeiakademie.

Als ihre Wege sie später beim LKA zusammenführte, waren sie sich einig darüber, im Dienst Distanz zu halten und auf das DU zu verzichten.

„Der Botschafter hat sich über die gestrige Belästigung in seinen privaten Wohnräumen beschwert, und ich muss diese Beschwerde jetzt an Sie weiterreichen."

„Zur Kenntnis genommen", sagte KHK Heller kurz und bündig, und er wollte schon aufstehen, um den Raum zu verlassen, als ihn Dir. Seeger zum Bleiben aufforderte.

„Bleib bitte sitzen", sagte Dir. Seeger zur großen Überraschung von KHK Heller, denn es war das erste

Mal, dass sein Vorgesetzter ihn während des Dienstes duzte.

Eberhard Seeger holte eine Flasche Cognac und zwei Gläser und goss ein.

„Es geht mir genauso gegen den Strich wie dir", sagte Eberhard Seeger und prostete Martin Heller zu.

„Am meisten ärgert es mich, dass solche Schmierlappen, wie dieser Botschafter, das Recht nach allen Seiten biegen können."

„Kennst du ihn persönlich?", fragte Martin Heller.

„Kennen wäre zu viel gesagt", antwortete Eberhard Seeger, *„ich bin ihm einmal begegnet; aber das hat gereicht. Was mich interessieren würde, lieber Martin, hast du irgendetwas gegen seinen Sprössling in der Hand?"*

„Leider nichts Konkretes", antwortete Martin, *„sonst hätte ich ihn schon aus dem Verkehr gezogen."*

„Dann bitte ich dich vorsichtig zu sein. Der Einfluss des Botschafters reicht bis ganz weit hinauf.", bat Eberhard den Freund.

„War`s das?", fragte Martin, und er brachte damit seinen ganzen Frust über die Obrigkeit und die Politik im Allgemeinen zum Ausdruck.

KHK Heller stand auf, verließ grußlos den Raum und ließ seinen Vorgesetzten und sein halb volles Glas zurück.

*****

„Zeig mir noch einmal die Bilder der Überwachungskamera aus der Bank", sagte KHK Heller zu KK Hofer.

„Aber das haben wir doch schon oft genug angeschaut", kam der Einwand von KK Hofer.

„Mach es einfach!", fuhr KHK Heller seinen Kollegen barsch an.

KOKin Mangold war hinzugetreten.

„Was glaubst du Neues zu entdecken?", fragte sie.

„Ich weiß es nicht", antwortete KHK Heller, *„es stinkt mir gewaltig, dass dieser Mistkerl seine Spielchen mit uns treibt. Und jetzt kommt auch noch Druck von oben dazu."*

„Der große Häuptling <Rote Nase>?", fragte KOKin Mangold, und KHK Heller nickte.

Petra Mangold nannte Dir. Seeger „Häuptling", weil dessen Gesicht – bedingt durch Bluthochdruck – immer leicht gerötet war.

Und dann starrten die drei Kollegen zum x-ten Mal auf den Bildschirm und sahen sich die Bilder der Überwachungskamera an:

Drei Personen betreten die Bank. Sie halten Waffen in ihren Händen und nötigen die Kunden und das Bankpersonal sich auf den Boden zu legen.

Einen der Angestellten fordern sie auf, das Bargeld in einen Sack zu stecken. Die Anweisung dazu steht auf einem Zettel, den sie dem erschreckten Angestellten vor die Nase halten.

Einer der Bankräuber – sie tragen alle eine Mickey Mouse Maske – bewegt sich in Richtung einer Überwachungskamera und macht ein „Kompliment".

Das ist eine Art Verbeugung, wie man sie vom Ballett oder der Oper kennt.

„Vielleicht ist das ein Opernfreund", sagte KK Hofer, und KOKin Mangold antwortete darauf:

„Das ist kein Opernfreund, das ist ein elender Scheißkerl, der uns zum Narren hält."

„Was haltet ihr davon, wenn wir dieses Bild in die Zeitung geben?", fragte KK Hofer, *„vielleicht erkennt jemand den Mann."*

„Quatsch", entgegnete KOKin Mangold, *„das bringt überhaupt nichts."*

„Warum eigentlich nicht?", sagte KHK Heller, *„schaden kann es auf keinen Fall. Veranlasse das bitte sofort."*

„Wird sofort gemacht, Chef", antwortete KK Hofer, und KOKin Mangold konnte es sich nicht verkneifen *„Schleimer"* zu sagen.

„Warum tust du das?", fragte KHK Heller seine Lebensgefährtin vorwurfsvoll.

„Weil ich das Muttersöhnchen nicht leiden kann", antwortete Petra, *„34 Jahre alt und wohnt noch bei Mama."*

„Er kann ja wohl nichts dafür, dass er in geordneten Familienverhältnissen lebt, oder?"

Mit dieser Bemerkung hatte Martin Heller Salz in die Wunde von Petra Mangold gestreut. So sehr er verstand, dass Petra durch ihren Aufenthalt in einem Waisenhaus geprägt worden war, so wenig konnte er Verständnis dafür aufbringen, dass sie ihren Frust darüber an Personen auslebte, die in besseren Verhältnissen aufgewachsen waren.

Petras Augen funkelten, und sie hatte sichtlich Mühe sich zu beherrschen. Sie stand vor Martin Heller mit geballten Fäusten und starrte ihn an.

„Du kannst mir ruhig eine reinhauen, wenn es dir hilft", sagte Martin, *„aber dein Problem löst es damit nicht."*

„Leck mich!", antwortete Petra und entfernte sich. Als sie sich kurz darauf auf der Toilette eingeschlossen hatte, ließ sie ihren Tränen freien Lauf. Sie boxte mehrmals gegen die Tür. Es war ihre Art den Druck abzubauen.

„Ich weiß es ja eh", sagte sie dabei, *„aber ich kann es einfach nicht vergessen. Warum hast du das getan, Mutter?"*

Petra versuchte sich ein Bild zu dem Wort „Mutter" zu bilden, aber es gelang ihr nicht. Eine Stimme drang in ihre Gedanken, die fragte, ob alles in Ordnung sei. Petra bejahte die Frage einer besorgten Kollegin, öffnete die Tür und stürzte hinaus, ohne ihre Hände zu waschen.

Die leicht verwirrte Kollegin quittierte Petras Verhalten mit den Worten:

„Die ist ja völlig durchgeknallt."

*****

„*Soll ich Licht machen?*", fragte Martin.

„*Warte noch ein wenig*", antwortete Petra. Sie hatten sich geliebt und lagen nun erschöpft nebeneinander. „*Ich mag dieses Licht, wenn die Nacht den Tag bezwingt.*"

„*Warum diese martialische Wortwahl?*", fragte Martin, „*warum kann der Tag nicht an die Nacht übergeben, ohne von der Nacht bezwungen zu werden?*"

„*Weil alles im Leben ein Kampf ist*", antwortete Petra.

„*Und was ist mit der Liebe?*", fragte Martin.

„*Auch da wird gekämpft*", antwortete Petra, „*denke nur einmal an die Antike und an diverse Opern.*"

Jetzt musste Martin lachen. Er liebte diese Frau, die ihre Rüstung noch nicht einmal im Bett ablegte.

„*Irgendwann wirst du mich nach der Begattung auffressen, wie die Gottesanbeterin ihr Männchen*", sagte er und gab Petra einen Kuss.

„*Ein schöner Tod*", antwortete Petra, „*findest du nicht auch?*"

„*Du bist und bleibst ein verrücktes Huhn*", antwortete Martin, „*und ich liebe dich.*"

Es folgte ein langes Schweigen. Der Blick der beiden Liebenden war zum Fenster gerichtet, wo die Nacht dem Tag immer mehr Licht abnahm.

„Warum willst du Goran unbedingt zur Strecke bringen?", fragte Petra und durchschnitt die Stille wie mit einem scharfen Schwert.

Martin erschrak.

„Dein Bemühen darum geht über das Normale weit hinaus", fuhr Petra fort. *„Was steckt wirklich dahinter?"*

Martin wandte sein Gesicht zu Petra. Er hatte schon lange mit dieser Frage gerechnet, und dennoch überraschte Petra ihn jetzt damit. Vielleicht auch deswegen, weil ihm der Zeitpunkt unpassend erschien.

„Es geht um Gerlinde", antwortete Martin nach einigem Zögern.

„Deine Exfrau?", fragte Petra überrascht.

„Ja", antwortete Martin.

„Und weiter?", drängte Petra.

„Sie war einige Zeit die Geliebte von Goran."

„Jetzt wird mir einiges klar", sagte Petra, *„du liebst Gerlinde noch immer und willst dich an ihm rächen."*

„*Du verstehst überhaupt nichts*", entgegnete Martin leicht gereizt.

„*Dann erkläre es mir doch bitte*", sagte Petra.

„*Er hat sie erst an die Nadel gebracht*", sagte Martin in lapidarem Tonfall, „*und dann hat er sie fallen lassen, das Schwein*".

„*Und was macht sie jetzt?*", fragte Petra, „*hast du Kontakt zu ihr?*"

Martin bekam Tränen in die Augen, als er antwortete:

„*Gerlinde ist tot; sie hat sich umgebracht.*"

„*Eine Überdosis?*", fragte Petra vorsichtig.

„*Sie hat sich erhängt*", antwortete Martin.

„*Das ist ja furchtbar*", sagte Petra und legte ihren Arm um Martin. „*Jetzt verstehe ich, warum du so hinter Goran her bist*".

„*Du verstehst es noch immer nicht*", sagte Martin.

„*Natürlich verstehe ich es*", entgegnete Petra fast ein wenig trotzig. „*Oder willst du mir allen Ernstes einreden, dass du keinen Hass gegen dieses Monster empfindest?*"

„*Den habe ich im Kloster zurückgelassen*", antwortete Martin, und nach einer kurzen Pause fuhr er fort:

„*Ich bin damals fast daran zerbrochen, als Gerlinde sich umgebracht hatte. Dann hat mich mein Bruder Bernd bei den Barmherzigen Brüdern einquartiert. Er ist dort Mönch, und er hat mich fast drei Monate lang durch den Abgrund meiner Seele hindurch begleitet.*

Als ich wegging, habe ich meinen Hass dort zurückgelassen. Was mich jetzt antreibt, ist meine Arbeit als Kriminalist und die feste Überzeugung, dass Goran Jukowitsch hinter dem Bankraub steht."

Petra sah Martin voller Erstaunen an. Das hatte sie nicht gewusst. Sie freute sich, dass Martin sie gerade eben einen tiefen Blick in seine Seele hatte machen lassen. Sie gab ihm einen langen Kuss und sagte dann:

„*Ich bin sehr froh, dass du mir das erzählt hast, und ich danke dir sehr dafür.*"

Inzwischen hatte die Dunkelheit den Tag besiegt. Martin fragte erneut, ob er das Licht anmachen sollte, und Petra antwortete:

„*Nein, mein Liebling. Ich finde es schön, dass der Tag sich willig an die Nacht übergeben hat, und ich möchte in deinen Armen einschlafen.*"

Martin lächelte über die friedliche Formulierung seiner Petra. Es dauerte nicht lange, und zwei Menschen, die sich wieder ein Stück weit nähergekommen waren, schliefen einem neuen Tag entgegen.

*****

„Guten Morgen, Erwin!"

Der freundliche Gruß der Kollegin Mangold haute KK Hofer beinahe um. Es war das erste Mal, dass Petra ihn mit Vornamen angesprochen hatte.

„Auch dir einen wunderschönen, guten Morgen", revanchierte sich KK Hofer für die unerwartete Freundlichkeit.

KHK Heller starrte seine Lebensgefährtin an, als käme sie von einem anderen Planeten. Petra lächelte nur und sagte:

„Dann lasst uns einmal schauen, ob wir den missratenen Sprössling des montenegrinischen Politfuzzis nicht in die Finger kriegen."

„Ich habe darüber nachgedacht, was wir noch versuchen könnten", sagte KK Hofer, *„und mir ist da so eine Idee gekommen."*

„Heraus damit", sagte KHK Heller, und Erwin Hofer antwortete:

„Diese Bewegung des Bankräubers in die Kamera, ihr wisst schon, vielleicht wurde die schon von anderen Kameras bei evtl. weiteren Überfällen gefilmt."

„Ich verstehe nicht ganz", antwortete KHK Heller.

„Aber ich", kam es spontan von KOKin Mangold. „Du meinst, dass er das immer macht."

„Genau", antwortete KK Hofer, „aber das setzt natürlich voraus, dass Goran schon mehrere Straftaten begangen hat."

„Da bin ich mir absolut sicher", sagte KHK Heller, „das ist ein Geltungssucht-Junkie. Der braucht das immer wieder."

„Soweit - so gut", sagte KOKin Mangold, „aber was machen wir mit diesem Wissen; vorausgesetzt, es trifft überhaupt zu."

„Wir jagen es durch unsere Datenbank", antwortete KK Hofer.

„Einen Versuch ist es auf jeden Fall wert", sagte KHK Heller, „kümmerst du dich darum?"

„Mache ich sofort", sagte KK Hofer.

„Unser Erwin ist schon ein tüchtiges Kerlchen", sagte KOKin Mangold.

„Auf einmal?", entgegnete KHK Heller. „Woher der plötzliche Sinneswandel?"

„Manche Dinge brauchen eben etwas länger als andere", sagte KOKin Mangold, „aber lieber spät als nie."

Nur eine knappe Stunde später konnte KK Hofer mit einer Überraschung aufwarten.

„Die Datenbank hat ein Geschenk für uns", sagte KK Hofer, „es gibt einige Treffer."

„Und wie sehen die aus?", fragte KHK Heller.

„Alles Banken im gesamten Bundesgebiet. Ich habe die Akten schon angefordert."

„Gute Arbeit", sagte KHK Heller, „vielleicht bringt uns das ja weiter."

„Was ist mit Interpol?", fragte KOKin Mangold, „vielleicht war unser Freund ja auch im Ausland tätig."

„Ich werde mich darum kümmern", sagte KK Hofer, der in diesem Augenblock zum ersten Mal das Gefühl hatte als Kollege angenommen worden zu sein.

„Dann machen wir morgen weiter", sagte KHK Heller und zu KOKin Mangold gewandt: „Kommst du?"

Die beiden waren schon fast bei der Tür hinaus, als sich KOKin Mangold umdrehte und fragte:

„Wir gehen noch zum Italiener. Hast du Lust mit-
zukommen?"

„Sehr gern", antwortete KK Hofer freudig und
folgte den beiden in die Trattoria „Da Pepe" in der
Bahnhofstraße.

So harmonisch der Abend bei „Pepe" verlaufen
war, so ernüchternd war der nächste Morgen.

Die drei Kriminalisten hatten sich die Akten und
die dazugehörigen Bilder der Überwachungskameras
angesehen, welche ihnen übermittelt worden waren.

Auf jeder der Aufnahmen war dasselbe Prozedere
zu sehen: Drei Bankräuber, von denen einer in die
Kamera hinein das „Kompliment" machte, jene besagte Körperbewegung aus Oper und Ballett.

Mitten in das Sichten des Materials platzte völlig
aufgeregt ein Kollege hinein mit den Worten:

„Das Phantom hat wieder zugeschlagen; aber
dieses Mal mit Schusswechsel."

Mit dieser Nachricht schlug die Akte Goran Jukowitsch ein neues Kapitel auf. Waffengewalt hatte es
bisher nicht gegeben; auch nicht bei dem gesichteten
Material.

„Wo war das?", fragte KHK Heller den Kollegen,
„gibt es Verletzte oder Tote?"

„Beim Juwelier Drexler in der Fußgängerzone, vis-á-vis vom Restaurant <Goldener Hirsch>. Mehr weiß ich auch nicht."

„Wir fahren sofort dahin", sagte KHK Heller, *„und schauen uns das an."*

Wenig später waren sie am Tatort. Es erwartete sie ein Bild der Verwüstung. Eingeschlagene Vitrinenscheiben und überall Scherben auf dem Boden.

Der Besitzer, Herr Waldemar Drexler, saß auf einem Stuhl und wurde behandelt. Ein Mitarbeiter des Notarztteams hielt eine Spritze in der Hand.

„Ist der Mann verletzt?", fragte KHK Heller.

„Nein", antwortete der junge Arzt, *„Herr Drexler steht unter Schock, und ich gebe ihm jetzt eine Beruhigungsspritze."*

„Das muss warten", sagte KHK Heller, *„ich muss den Mann erst noch ein paar Fragen stellen."*

„Hören Sie, das entscheide immer noch ich", versuchte der junge Mann sich gegen die Entscheidung des Kriminalbeamten zu wehren. Ein Blick von KHK Heller genügte jedoch, um die Bedenken des jungen Arztes zu pulverisieren.

„Das geschieht aber auf Ihre Verantwortung", sagte er noch und trat dann beiseite.

„*Wie viele Personen waren das?*", fragte er den Juwelier.

„*Es waren drei*", antwortete Waldemar Drexler.

„*Gibt es eine Überwachungskamera?*", fragte KK Hofer.

KHK Heller sah seinen Kollegen kurz strafend an, denn es war seine Befragung, und da duldete er keinerlei Einmischung.

„*Ja, sogar mehrere.*"

Die Antwort des Juweliers auf die Frage von KK Hofer erlöste denselben und versöhnte KHK Heller.

„*Dann möchte ich die jetzt sofort sehen*", sagte KHK Heller.

„*Ich führe sie hin*", sagte der Juwelier, „*wenn Sie mir bitte folgen wollen.*"

„*Und die Spritze?*", versuchte sich der junge Arzt wieder ins Spiel zu bringen.

„*Die brauche ich nicht*", wischte der Juwelier die Frage mit einer Handbewegung weg. „*Es geht mir gut.*"

Im Büro des Juweliergeschäftes führte Waldemar Drexler den Kriminalbeamten die Aufnahme der Überwachungskamera vor.

„*Jetzt haben wir ihn*", sagte KHK Heller und es klang wie ein Triumphgeschrei. Und sowohl KOKin Mangold, als auch KK Hofer waren genau derselben Ansicht.

Auf dem Monitor war deutlich erkennbar, wie sich einer der Räuber an den rechten Oberarm griff. Er war offensichtlich von einer Pistolenkugel getroffen worden.

Der Wachmann, ein pensionierter Polizist, der sich mit dieser Tätigkeit seine Pension aufbesserte, hatte auf den Räuber geschossen.

Und der angeschossene Räuber hatte zurückgeschossen, worauf der Wachmann auf den Boden sank. Daraufhin hatten die drei Räuber das Geschäft verlassen, nicht jedoch bevor einer von ihnen das „Kompliment" in die Kamera hinein vollführte.

„*Das ist wirklich dreist*", sagte KK Hofer.

„*Aber dieses Mal bricht es ihm das Genick*", sagte KHK Heller mit einem Lächeln, und KOKin Mangold nickte zustimmend.

Sie gingen zurück in den Verkaufsraum, wo zwei der Angestellten, welche von umherfliegenden Glassplittern verletzt worden waren, verarztet wurden.

„*Ich möchte Sie und die anderen Kollegen gleich nachher im Präsidium sehen. Ein Wagen wird Sie dorthin bringen*", sagte KHK Heller zu einer der Angestellten, und den Arzt fragte er:

„*Wie sehr ist der Wachmann verletzt, und wohin haben Sie ihn gebracht?*"

„*Ein Steckschuss im Bauchraum*", antwortete der Arzt. „*Er wurde in das <Ernst Böhmer Krankenhaus> gebracht und wird wohl gerade operiert.*"

„*Wie sind seine Aussichten?*", fragte KHK Heller weiter, und der junge Arzt hatte große Mühe mit der Kaltschnäuzigkeit des Fragenden zurecht zu kommen.

„*Das kann ich nicht sagen*", antwortete der Arzt in verhaltenem Tonfall, „*die Verletzung ist schwerwiegend.*"

Ohne weiter darauf einzugehen, sagte KHK Heller zu seinem Kollegen KK Hofer:

„*Veranlasse sofort, dass Tag und Nacht eine Wache vor der Tür des Wachmanns steht.*"

*****

„*Wann kann ich den Durchsuchungsbeschluss haben?*", fragte KHK Heller den hinter seinem Schreibtisch sitzenden Oberstaatsanwalt.

„*Ich bin mir noch nicht sicher, ob ich überhaupt einen ausstellen soll*", kam die überraschende Antwort von Dr. Steinbrecher.

Der smarte Mann, vor dessen Schreibtisch KHK Heller stand, war schon mit sehr jungen Jahren Oberstaatsanwalt geworden, was keinesfalls Bewunderung bei Martin Heller hervorrief.

Martin war davon überzeugt, dass der Yuppie über größere Mengen Vitamin B verfügen musste, und er konnte es sich nicht verkneifen bei der nachfolgenden Frage den Teil „Ober" besonders zu betonen.

„Und warum diese Zweifel, Herr Oberstaatsanwalt? Ist Herr Jukowitsch vielleicht ein Golfpartner von Ihnen?"

Der Oberstaatsanwalt musste sehr an sich halten; aber nur, weil er um die Freundschaft von KHK Heller und Dir. Seeger wusste.

„Vorsicht, Heller", sagte er, und seine Augen funkelten dabei, „dünnes Eis; ganz dünnes Eis."

KHK Heller ignorierte diese Bemerkung und setzte stattdessen nach:

„Was ist jetzt, Dr. Steinbrecher? Bekomme ich den Wisch oder nicht?"

Der Oberstaatsanwalt öffnete eine Mappe und entnahm das gewünschte Dokument. Er übergab es KHK Heller mit den Worten: „Aber gehen Sie äußerst sensibel vor."

„Sie können gerne mitkommen", antwortete KHK Heller beim Hinausgehen, und bevor der Oberstaatsanwalt darauf reagieren konnte, hatte KHK Heller die Tür schon hinter sich zugezogen.

„Wir können los", sagte er kurz darauf zu seinen beiden Kollegen, und KOKin Mangold erwiderte:

„Der Wachmann hat es nicht geschafft", worauf KHK Heller lapidar sagte:

„Dann holen wir uns jetzt den Mörder Goran Jukowitsch."

Man hätte meinen können, dass Goran Jukowitsch schon auf die drei Kriminalbeamten gewartet hatte. Er öffnete selbst die Tür und begrüßte die Ankömmlinge mit den Worten:

„Ich freue mich immer wieder Sie zu sehen, Herr Wachtmeister und natürlich auch Ihre charmante Begleiterin."

Als er die anderen Begleiter sah, welche als Verstärkung mitgekommen waren, fügte er hinzu:

„Ich weiß gar nicht, ob wir genügend Sitzgelegenheiten für so viele Leute haben."

KHK Heller hielt Goran Jukowitsch den Durchsuchungsbeschluss unter die Nase und sagte:

„Das wird gar nicht nötig sein; denn wir arbeiten im Stehen."

Die anschließende Hausdurchsuchung verlief ohne Ergebnis. KHK Heller war sich schon im Vorhinein darüber bewusst, dass sie ergebnislos verlaufen würde.

Er wusste, dass Jukowitsch kein Dummkopf war. KHK Heller war nur daran gelegen eine gewisse Dramatik zu erzeugen. Dass diese nicht zum Tragen kam, zeigte sich kurze Zeit später.

Als KHK Heller Goran Jukowitsch mitteilte, dass er vorläufig festgenommen sei, lächelte er nur und folgte willig den Beamten.

*****

Dir. Seeger stand mit KHK Heller hinter der Scheibe, durch welche man in den Verhörraum hineinschauen konnte. KOKin Mangold war ebenso anwesend wie KK Hofer.

„Und Sie sind sicher, dass er der Täter ist?", fragte Dir. Seeger.

„Dieses Mal haben wir ihn", antwortete KHK Heller, und in seiner Stimme klang ein Hauch Triumph mit. Dann ging er in den Verhörraum.

„Sie wissen, warum Sie hier sind?", begann KHK Heller.

„*Natürlich, Herr Wachtmeister*", antwortete Goran Jukowitsch, „*weil Sie meine Gesellschaft zu schätzen wissen, und weil Sie gern mit mir plaudern.*"

„*Schluss mit dem Theater!*", sagte KHK Heller barsch, um dem provokanten Auftritt des Verhafteten ein Ende zu setzen und fuhr unvermindert fort:

„*Machen Sie bitte Ihren rechten Oberarm frei!*"

„*Tut mir leid, ich darf kein Blut spenden*", sagte Goran Jukowitsch in süffisantem Tonfall, „*ich bin Typ-I-Diabetiker.*"

„*Das Lachen wird dir gleich vergehen*", erwiderte KHK Heller und ging um den Tisch herum. Er ergriff den Arm von Goran Jukowitsch und streifte dessen Hemdsärmel weit hinauf.

„*Das gibt es doch nicht*", sagte KHK Heller fassungslos, und er drehte den Arm des Verdächtigen hin und her.

Als er keinerlei Verletzung entdecken konnte, wiederholte er die Prozedur am linken Arm von Jukowitsch. Aber auch das ohne Erfolg.

KHK Heller verließ fluchtartig den Raum. Er ging zu seinen Kollegen und Dir. Seeger und ließ seiner Enttäuschung freien Lauf:

„*Wie ist das möglich?*", sagte er völlig außer Fassung, „*auf den Bildern der Überwachungskamera war*

klar und deutlich zu erkennen, dass Jukowitsch ange-
schossen wurde."

KHK Heller schaute in die ratlosen Gesichter seiner Kollegen und sagte dann zu KOKin Mangold:

„Mach du weiter, ich habe die Schnauze gestri-
chen voll. Wenn ich noch einmal da hineingehe, kann
ich für nichts mehr garantieren.

Ich weiß genau, dass er es war, und er weiß es,
dass wir es wissen. Aber er treibt munter seine Spiel-
chen mit uns, und ich komme einfach nicht dahinter."

„Hast du schon einmal daran gedacht, dass du
eventuell auf dem Holzweg sein könntest?", fragte
Dir. Seeger, und vor lauter Aufregung hatte er verges-
sen seinen Untergebenen mit SIE anzusprechen.

KHK Heller antwortete nicht. Er drehte sich einfach nur um und verließ kommentarlos den Raum.

„Dann führen Sie jetzt die Befragung fort, Kollegin
Mangold", sagte Dir. Seeger, *„aber bitte mit Finger-*
spitzengefühl."

Als Dir. Seeger unmittelbar darauf den Raum verlassen hatte, sagte KOKin Mangold zu KK Hofer:

„Komm mit, Erwin, damit du noch was lernen
kannst."

KOKin Mangold setzte sich und begann mit der Befragung. KK Hofer glaubte seinen Ohren nicht zu trauen, als er seine Kollegin sagen hörte:

„Ich muss mich für das ungebührliche Verhalten von KHK Heller bei Ihnen entschuldigen, Herr Jukowitsch. Er hat privaten Stress und ist derzeit etwas von der Rolle.“

„Ich bitte Sie, Frau Kommissar“, antwortete Goran Jukowitsch, *„wir sind doch schließlich alle nur Menschen.“*

„Das ist nett, dass Sie so viel Verständnis zeigen, Herr Jukowitsch, vielen Dank! Im Übrigen bin ich Oberkommissarin; aber das nur nebenbei.“

Spielte KOKin Mangold beim ersten Teil ihrer Ausführung noch die Harfe, so wechselte sie jetzt abrupt zur Posaune.

„Weil wir überzeugt davon sind, dass Sie nicht nur ein erbärmlicher Räuber sind, sondern inzwischen auch ein Mörder, kommen wir jetzt zu ihrem Alibi.“

Goran Jukowitsch war kaum merklich zusammengezuckt; aber doch gerade so viel, dass es weder der KOKin Mangold noch dem KK Hofer entgangen war.

Jukowitsch, der sich wieder gefangen hatte, sagte in gewohnt spöttischer Manier:

„Im Film sagt der Gefangene dann immer: „Ich möchte jetzt einen Anwalt! Aber ich kann das nicht

40

sagen, weil ich weder ein böser Räuber bin, und noch viel weniger ein Mörder, Frau Oberkommissarin."

„Dann sagen Sie mir doch jetzt, wo Sie zum Zeitpunkt des Überfalls waren, und wer das bezeugen kann.", entgegnete KOKin Mangold schroff.

„Wann soll das gewesen sein?", fragte Goran Jukowitsch provokant.

KOKin Mangold ließ sich nicht provozieren. Sie antwortete in ruhigem, aber bestimmten Ton:

„Gestern, kurz vor 12 Uhr Mittag."

Die Antwort, die jetzt von Goran Jukowitsch kam, setzte dem bisherigen Geschehen die Krone auf.

„Das weiß ich ganz genau", antwortete Goran Jukowitsch, *„Sie werden es nicht glauben. Da war ich in Paris und aß im Restaurant des <Ritz> zu Mittag. Wollen Sie auch wissen, was ich gegessen habe?"*

„Nein, danke!", antwortete KOKin Mangold und sagte stattdessen:

„Ich nehme an, Sie haben Zeugen dafür."

„Habe ich, meine Liebe", antwortete Goran Jukowitsch, *„da wäre der Chef de Rang, M. Jaques oder der Maître d'hôtel, ein gewisser M. Perrier, übrigens ein guter Freund von mir. Genügt das oder wollen Sie noch mehr?"*

„Wir werden das überprüfen", antwortete KOKin Mangold und stand auf. Zusammen mit KK Hofer verließ sie den Raum, um zu Dir. Seeger zu gehen.

„Es ist zum Verrücktwerden", sagte sie, während sie eiligen Schrittes in Richtung Büro des Direktors unterwegs war, *„der Mistkerl geht uns schon wieder durch die Lappen."*

*****

„Hallo, Goldie!"

Es war unübersehbar, dass Martin Heller schon eine größere Menge Alkohol intus hatte, und die Begrüßung von Petra Mangold mit „Goldie" bestätigte das.

Martin saß in einer Ecke des „Da Pepe" und hielt sich an einem Glas Rotwein fest.

„Es ist gut, dass du auch den Freiheitskämpfer mitgebracht hast", sagte Martin Heller, *„setzt euch nieder und lasst uns feiern."*

„Wen meinst du mit <Freiheitskämpfer>", fragte Petra Mangold, *„und was sollen wir feiern?"*

„Na, unser Kollege Hofer heißt doch wie der Tiroler Freiheitskämpfer", antwortete Martin Heller.

„Der heißt aber <Andreas> mit Vornamen", korrigierte Erwin Hofer.

„*Das macht nichts*", antwortete Martin Heller, „*dann heißt du ab heute eben \<Andreas\> oder noch besser \<Andi\>. Und jetzt lasst uns feiern.*"

„*Und was feiern wir?*", fragte Petra Mangold.

„*Mein persönliches Waterloo*", antwortete Martin Heller. „*Goran Jukowitsch hat mich besiegt.*"

„*Du gibst auf?*", fragte Petra Mangold ungläubig.

Martin Heller hob die Schultern und ließ sie wieder sinken. Dann rief er laut:

„*Pepe, komm her!*"

Der Wirt kam an den Tisch und sagte:

„*Nicht so laut, amico mio, du vertreibst mir noch die anderen Gäste.*"

Die Aufforderung von Pepe ließ vermuten, dass Martin Heller davor schon laut gewesen war. Martin Heller, davon unbeeindruckt, sagte in ähnlich lautem Ton:

„*Pepe, mein Freund, bring uns Wein. Aber nicht den billigen Schankwein, hörst du?*"

Der Wirt, der Martin, wie auch Petra schon viele Jahre zu seinen Stammgästen zählen konnte, antwortete:

„Wenn du mir versprichst, dass du nicht mehr so laut herumbrüllst, dann bringe ich dir etwas ganz Besonderes."

Martin lachte und antwortete: *„Einverstanden."*

„Für mich aber bitte keinen Wein, ich möchte lieber ein Bier", sagte Erwin Hofer, nicht ahnend, welche Reaktion das bei Martin Heller hervorrufen würde.

„Hier wird nur Wein getrunken, du Banause. Wir befinden uns hier in einer Trattoria und nicht im Münchner Hofbräuhaus."

Weder von Erwin Hofer, noch von Petra Mangold erfolgte irgendeine Reaktion. Erwin, weil er sich nicht traute zu widersprechen, und Petra, weil sie wusste, dass es sowieso keinen Zweck hätte.

Und Pepe, der Wirt schon überhaupt nicht, weil er seinen Freund Martin zum ersten Mal so erlebte, und weil er außerdem einen seiner besten und liebsten Gäste nicht verärgern wollte. Danach floss der Wein in Strömen. Pepe stellte mehrmals einen Teller mit Mortadella und Käse auf den Tisch, um dem Alkohol ein wenig entgegen zu wirken.

Martin, der im Verlauf des Abends allmählich zu „Maigret" mutierte, indem er in immer kürzer werdenden Abständen an seiner Pfeife herumkaute, Petra als „Goldie" und Erwin als frisch gebackener „Andi", schmolzen an diesem Abend zu einem Dreigestirn der besonderen Art zusammen.

Als sie – lange nach Mitternacht – die Trattoria verließen, um die Anwohner in der Nachbarschaft mit ihrem Gesang zu erfreuen, bewegten sich alle drei am Rande einer Alkoholvergiftung. Wesentlichen Beitrag dazu lieferte eine Flasche Grappa, welche von Maigret, Goldie und Andi bis auf den Grund geleert worden war.

Als die drei am nächsten Morgen in der Dienststelle aufschlugen, sahen sie aus wie die „Blues Brother", nur eben zu dritt: Den Kopf tief in den Schultern versunken und die Augen hinter einer dunklen Sonnenbrille verborgen.

Als KHK Heller sein Zimmer betrat, wurde er bereits von Dir. Seeger erwartet.

„Ich habe Goran Jukowitsch noch gestern Abend auf freien Fuß gesetzt."

„Bist du verrückt?", polterte KHK Heller los.

„Mäßigen Sie ihren Ton, Heller!", kam prompt die Antwort, welche auch implizierte, KHK Heller möge seinen Chef gefälligst per SIE ansprechen.

KHK Heller murmelte so etwas Ähnliches wie „Entschuldigung" und fragte dann nach dem Grund für diese Maßnahme.

„Ich habe gestern noch mit meinen Freund, Commissaire Darrieux von der Sûreté Nationale telefoniert und ihn gebeten, er möge das Alibi von Goran Jukowitsch überprüfen lassen."

„*Ja und?*", unterbrach KHK Heller seinen Vorgesetzen ungeduldig.

„*Das Alibi ist bestätigt. Goran Jukowitsch hat zur Tatzeit nicht nur dort gegessen, er hatte auch ein Zimmer gebucht.*"

„*Wie ist das möglich?*", fragte KHK Heller, „*kein Mensch kann zur gleichen Zeit an zwei verschiedenen Orten sein.*"

„*Das ist richtig*", antwortete Dir. Seeger, „*und deshalb wünsche ich, dass Sie ab sofort das Ermittlungsverfahren gegen diesen Mann einstellen. Das ist eine Dienstanweisung.*"

Als kurze Zeit später KOKin Mangold und KK Hofer in Martins Zimmer kamen, brachte er seine Kollegen auf den Stand der Dinge:

„*Goran Jukowitsch ist raus.*"

Ratlosigkeit erfüllte den Raum. Nach einigen Momenten der Stille, frage KK Hofer:

„*Habt ihr schon einmal daran gedacht, dass Goran vielleicht einen Zwilling haben könnte?*"

KHK Heller blickte zu seinem jungen Kollegen auf und antwortete:

„*Nicht nur daran gedacht, sondern auch überprüft. Goran ist Einzelkind.*"

„*Und was wäre mit einem Doppelgänger?*", versuchte KK Hofer sein Glück weiter.

„*Das würde nicht funktionieren*", schaltete sich jetzt KOKin Mangold ein, „*denk nur einmal an die Papiere.*"

„*Stimmt*", antwortete KK Hofer, „*daran habe ich gar nicht gedacht.*"

Und nach einer kurzen Pause: „*Dann können wir Goran Jukowitsch also als Täter ausschließen.*"

„*Niemals*", antwortete KHK Heller, „*ich mache weiter, auch wenn mich das meinen Job kosten sollte.*

Ich kann natürlich nicht von euch erwarten, dass ihr da mitmacht, und ich werde euch auch nicht böse sein."

„*Maigret, Goldie and Andi forever!*", kam es spontan aus dem Mund von KOKin Mangold, und damit war die Frage mehr als deutlich beantwortet.

*****

Waldemar Drexler, der Inhaber des gleichnamigen Juweliergeschäfts, hatte KHK Heller um eine Unterredung gebeten.

„*Was führt Sie zu mir, Herr Drexler?*", fragte KHK Heller den vor ihm sitzenden älteren Herrn.

„*Die Versicherung will nicht bezahlen*", nannte der Juwelier ohne Umschweife den Grund seines Besuches.

„*Wieso das denn?* ", fragte KHK Heller.

„*Weil der stille Alarm während des Überfalls nicht ausgelöst wurde*", antwortete Herr Drexler.

„*Und wieso wurde der Alarm von Ihnen nicht ausgelöst?* ", fragte KHK Heller.

„*Ich habe ihn ja ausgelöst*", antwortete der Juwelier, „*aber er hat nicht funktioniert, obwohl er erst wenige Tage vorher überprüft worden ist.* "

„*Was sagt denn die Firma dazu?* ", fragte KHK Heller, „*ich meine die Firma, von der Sie das Alarmsystem haben?* "

„*Ich habe Frau von Lützenau angerufen, aber die hat mich abgewiesen.* "

„*Und wer ist diese Dame?* ", fragte KHK Heller.

„*Das ist die Sicherheitsexpertin der Firma <Engel und Partner>, von der ich die Anlage habe*", antwortete Herr Drexler.

„*Haben Sie vielleicht die Adresse oder die Telefonnummer der Firma für mich?* ", fragte KHK Heller.

„Ich habe Ihnen die Visitenkarte der Firma mitge-bracht", antwortete der Juwelier und überreichte KHK Heller eine Visitenkarte aus feinstem Papier.

Engel und Partner GmbH
Hafenstraße 214 – 216
Neufelden-Bergehoheim
Viktoria von Lützenau
Versicherungsexpertin
Tel.: 0132-882-9024

„Wir müssen erst mit der Versicherung reden", sagte KHK Heller, *„bevor ich dazu etwas sagen kann. Ich melde mich dann bei Ihnen."*

„Vielen Dank, Herr Kommissar", sagte Herr Drex-ler und schüttelte dem KHK die Hand.

„Ist schon gut", sagte KHK Heller, *„wie gesagt, ich werde mich bei Ihnen melden."*

Der Juwelier verließ den Raum, nicht ohne noch einmal seine Dankbarkeit zu bekunden.

KHK Heller ging in das Nachbarzimmer, in wel-chem KOKin Mangold und KK Hofer ihren Arbeits-platz hatten, und sagte:

„Kommt mit, wir machen einen kleinen Ausflug."

„Und wohin geht die Reise?", fragte KOKin Man-gold.

„Nach Bergehoheim, zu <Engel und Partner>, einem Versicherungsbüro."

„Dort, wo die Reichen wohnen", sagte KOKin Mangold, bezogen auf den Ortsteil von Neufelden.

„Du sagst es", antwortete KHK Heller, *„dort, wo wir niemals wohnen werden."*

Eine halbe Stunde später saßen die drei einem gewissen Herbert Bender gegenüber, dem Junior-Chef der Firma „Engel und Partner".

„Eine Dame dieses Namens arbeitet nicht bei uns", war die ernüchternde Antwort auf die Frage nach Frau Viktoria von Lützenau.

„Sind Sie auch ganz sicher?", fragte KHK Heller und nestelte an seiner Jacke herum, um die Visitenkarte dieser Dame zu suchen.

„Schauen Sie, das ist die Visitenkarte mit Ihrem Firmennamen, Adresse und Ihrer Telefonnummer", sagte KHK Heller und überreichte Herrn Bender die Karte.

„Es stimmt alles, außer der Telefonnummer", entgegnete Herr Bender, *„und wie schon gesagt, der Name dieser Dame sagt mir überhaupt nichts."*

„Das heißt, obwohl Sie diese Dame nicht kennen, welche – nach Angabe von Herrn Drexler – die Alarmanlage noch vor ein paar Tagen in Ihrem Namen überprüft hat, wollen Sie den Schaden des Juwe-

liers nicht ersetzen", sagte KHK Heller leicht aufgebracht.

„Unter diesem Aspekt werden wir die Sachlage selbstverständlich erneut überprüfen", antwortete der Junior-Chef der Versicherung und stimmte mit dieser Aussage den sichtlich erregten Kriminalbeamten wieder etwas versöhnlicher.

„Wir fahren zurück ins Präsidium", sagte KHK Heller, *„und dann will ich alles über dieses blaublütige Miststück wissen. Und zwar pronto!"*

*****

Die Recherche nach der Identität einer Viktoria von Lützenau verlief – wie nicht anders zu erwarten – ergebnislos.

„Ich möchte noch einmal die Aufnahmen der Überwachungskameras sehen", sagte KHK Heller zu KK Hofer.

„Welche?", fragte KK Hofer.

„Alle", antwortete KHK Heller, *„und sag Petra Bescheid. Ich möchte, dass wir sie uns gemeinsam ansehen."*

„Und was erhoffst du dir dadurch?", fragte KK Hofer.

„*Das wirst du schon sehen, Erwin*", antwortete KHK Heller, „*und jetzt mach, was ich dir gesagt habe.*"

Die drei Kriminalisten saßen gemeinsam vor dem Monitor und verfolgten das Geschehen.

„*Ich weiß nicht, worauf du hinauswillst*", sagte KOKin Mangold. „*Ich sehe immer nur drei Personen mit Mickey Mouse Masken und sonst nichts.*"

„*Und wisst ihr auch, wie die drei heißen?*", fragte KHK Heller.

„*Nein*", antwortete KK Hofer, „*das war vor meiner Zeit.*"

„*Das war auch vor meiner Zeit*", antwortete KHK Heller, „*aber ich habe mich im Internet schlau gemacht. Sie heißen Daisy, Dagobert Duck und Goofy.*"

"*Ja und?*", fragte KOKin Mangold, „*was sagt uns das?*"

„*Dagobert Duck und Goofy sind männlich, und Daisy ist weiblich.*"

Die ungläubig dreinschauenden Gesichter von KOKin Mangold und KK Hofer zeigten KHK Heller, dass sie noch immer nicht verstanden hatten, was er damit meinte.

„Seht euch einmal die Figur der Person an, welche die Daisy-Maske trägt. Fällt euch da nichts auf?“, fragte KHK Heller süffisant.

„Jetzt weiß ich, was du meinst“, sagte KOKin Mangold begeistert, „das ist eindeutig eine Frau.“

„Bingo!“, sagte KHK Heller, „und wer könnte das sein?“

„Viktoria von Lützenau, unsere unbekannte Schöne“, kam es aus KK Hofers Mund.

„Von der wir aber nicht wissen, wie sie aussieht und wie sie heißt“, fügte KOKin Mangold hinzu.

*****

Es waren gerade einmal drei Wochen vergangen, als das „Trio Infernale“ erneut zuschlug.

Dieses Mal traf es die Firma Habermann, eine renommierte Pelzhandlung in einer Nachbarstadt. Dieselbe Vorgangsweise wie bei den anderen Überfällen: 3 Personen mit Mickey Mouse Masken.

Der Überfall vollzog sich in den späten Nachtstunden. Auch hier war die Alarmanlage deaktiviert worden und eine der Personen ließ wieder ihre Visitenkarte zurück: Das „Kompliment“.

„Wie kann es sein, dass die Alarmanlage deaktiviert war, obwohl alle Kunden der Firma <Engel und Partner> über eine gewisse Viktoria von Lützenau informiert worden waren?", fragte KHK Heller ungläubig, als er von dem Überfall erfahren hatte.

„Die Sache wird allmählich unheimlich", sagte KK Hofer, *„ein Verdächtiger, der für alle Überfälle ein Alibi hat und lahmgelegte Alarmanlagen, die eigentlich nicht sein sollten…"*

„Ho, ho, ho", sagte KHK Heller, *„jetzt aber langsam mit den jungen Pferden, da ist überhaupt nichts Unheimliches dran. Es gibt immer eine plausible Erklärung; wir müssen es nur noch herausfinden."*

Die Befragung des Personals in der Pelzhandlung ergab keinen wesentlichen Hinweis, bis auf einen. Bianca Herwig, eine Mitarbeiterin der Firma, sagte aus, dass einer der drei Täter eine Frau gewesen sei.

„Woraus schließen Sie das?", hatte KOKin Mangold die Frau gefragt, und sie hatte geantwortet:

„Die Kapuze des Sweatshirts von der Frau ist verrutscht und da hat man kurz ihre Haare sehen können. Und die waren lang und schwarz. Und außerdem hat sie noch <Fuck> gesagt."

Als die Befragung der Zeugen beendet war, zogen die drei Kriminalisten ein erstes Resümee:

„Jetzt haben wir endlich die Gewissheit, dass eine Frau mit im Spiel ist", sagte KHK Heller.

„*Vermutlich Viktoria von Lützenau, oder wie immer diese Dame heißen mag*", ergänzte KK Hofer.

„*Und wir haben ein Bild von ihr*", sagte KHK Heller triumphierend.

„*Das Bild einer Frau mit einer Mickey Mouse Maske im Gesicht*", sagte KOKin Mangold, „*witzig; sehr witzig.*"

„*Du irrst dich, mein Schatz*", sagte KHK Heller, „*ich meine ein echtes Bild.*"

„*Wie meinst du das?*", fragte KOKin Mangold erstaunt.

„*Ich hatte so eine Ahnung*", antwortete KHK Heller und fuhr fort:

„*Es kam mir seltsam vor, dass diese Gauner wieder zugeschlagen haben, obwohl die liebe Viktoria als falsche Mitarbeiterin der Fa. <Engel und Partner> aufgeflogen war.*

Ich frage euch daher, wie konnte die Alarmanlage trotzdem ausgeschaltet werden?"

KHK Heller genoss seinen großen Auftritt sichtlich.

„*Jetzt mach es halt nicht so spannend, Maigret*", sagte KOKin Mangold.

„Es muss also Hilfe von innerhalb gegeben haben. Ich habe daher Herrn Habermann, den Chef des Pelzhauses, gefragt, ob er in letzter Zeit neues Personal eingestellt hat."

„Lass mich raten", unterbrach KOKin Mangold, *„er hat vor kurzem eine Frau eingestellt, stimmt `s?"*

„Stimmt", antwortete KHK Heller, *„eine gewisse Chantal Forestier aus Straßburg. Sie hatte sich auf ein Stellenangebot einer Fachzeitschrift gemeldet und sich um den frei gewordenen Posten einer Chefsekretärin beworben.*

Obwohl sie ihre Referenzen noch nachreichen wollte – Sie seien bei dem Umzug von Straßburg nach Neufelden irgendwie verlegt worden – hatten ihr gepflegtes Äußeres, sowie ihr sicheres Auftreten den Chef des Pelzhauses überzeugt."

„Sagtest du <Neufelden> oder habe ich mich gerade eben verhört?", fragte KK Hofer.

„Du hast schon richtig gehört", antwortete KHK Heller, *„der Tanz auf unseren Nasen findet vor unseren Augen seine Fortsetzung, und der Tanzmeister heißt Goran Jukowitsch. Darauf verwette ich meine Pension."*

Es folgte ein langer Moment des Schweigens.

„Dann wenden wir uns doch an die Öffentlichkeit", unterbrach KK Hofer die Stille. *„Wir geben das Bild von dieser Person in die Fahndung."*

„Das machen wir auf gar keinen Fall", bremste KHK Heller seinen Kollegen ein, *„wenn wir das machen, sind sie gewarnt. Und ich will sie alle drei haben."*

*****

Als Petra Mangold und Erwin Hofer in der Trattoria „Da Pepe" saßen und sich an einer „Da Pepe Speciale" erfreuten, sagte Erwin Hofer:

„Ich würde dich gern etwas fragen, Petra."

„Und was wäre das?", entgegnete Petra Mangold.

Erwin Hofer antwortete nicht gleich, und daher drängte Petra:

„Jetzt mach es doch nicht so spannend, Erwin, und frag schon!"

„Es geht um Martin", antwortete Erwin Hofer zögerlich.

„Willst du wissen, warum er heute nicht mitgekommen ist", fragte Petra Mangold.

„Nein, das ist es nicht", druckste Erwin Hofer weiter herum.

Petra Mangold, gewohnt die Dinge ohne Umschweif anzugehen, begann schon langsam die Geduld zu verlieren.

„*Entweder du rückst jetzt sofort damit heraus oder wir lassen das Ganze sein.*"

„*Wieso ist Martin so verbissen hinter Goran Jukowitsch her?*", presste Erwin Hofer endlich hervor und war froh, dass es heraußen war.

Petra Mangold befand sich durch diese Frage in einem argen Zwiespalt. Einerseits wollte sie das Vertrauen von Martin nicht missbrauchen, andererseits hatte Erwin Hofer irgendwo auch den berechtigten Anspruch auf eine Antwort. Zumindest ein wenig. Nun hatte sie die Wahl zwischen Pest und Cholera.

„*Ich bin mir nicht sicher, ob ich dir diese Frage beantworten darf*", sagte Petra Mangold, „*aber soviel kann ich dir sagen. Zwischen Martin und Jukowitsch gab es vor langer Zeit schon Berührungspunkte.*

Und wenn du Genaueres wissen willst, dann solltest du ihn selber fragen. Ich bin mir aber nicht sicher, ob das so eine gute Idee wäre. Das Thema ist heikel, sehr heikel."

Erwin Hofer beschloss sich mit dieser Antwort zufrieden zu geben; aber da er schon einmal dabei war, fragte er weiter.

„*Hat Martin Familie?*"

„*Was ist das denn für eine blöde Frage?*", kam postwendende die Antwort von Petra Mangold, „*du weißt doch, dass Martin und ich zusammen sind.*"

Erwin zuckte zusammen. Ihm wurde bewusst, dass er gerade in ein Wespennest gestochen hatte, und er versuchte zu retten, was zu retten war.

„Ich habe gemeint, ob er verheiratet war und ob er Kinder hat?"

Damit hatte Erwin endgültig den Rubikon überschritten, und jeder Schritt würde ihn noch tiefer hineinziehen.

„Ich werde jetzt bezahlen und gehen", kam die Reaktion von Petra Mangold, *„du hast offenbar kein Gefühl dafür, wann etwas genug ist."*

Erwin Hofer überlegte noch kurz, ob er die Rechnung für die aufgebrachte Kollegin übernehmen sollte. Gott sei Dank ließ er von dieser Idee schnell wieder ab. Er hätte dadurch den Scherbenhaufen nur noch größer gemacht.

Auf seiner Heimfahrt sinnierte er noch lange darüber nach, ob er vielleicht das gute Verhältnis zu Petra Mangold vor wenigen Augenblicken getrübt hatte.

Eine gewisse Tollpatschigkeit hing ihm schon seit Kindesbeinen an bis hin zum Studium. Und offenbar war sie nach wie vor eine treue Begleiterin.

Er hoffte nur, dass Petra ihrem Martin nichts von der missglückten Unterhaltung sagen würde.

*****

Wenige Tage danach spielte das Glück in die Hände von KK Hofer. Mit großer Freude hatte er bemerkt, dass sich KHK Heller ihm gegenüber in den zurückliegenden Tagen ganz normal verhalten hatte. Ganz im Gegensatz zu KOKin Mangold.

Selbst kleine Gefälligkeiten wie Kaffeebringen vermochten Petra ihm nicht wieder gewogen zu machen. Das sollte sich an diesem Tag mit einem Schlag ändern.

KK Hofer knallte mit freudiger Mine eine Zeitschrift auf den Tisch.

„Was soll das?", fragte KHK Heller

„Das ist die NIA", sagte KK Hofer.

„Und was ist das, die NIA?", fragte KOKin Mangold gereizt.

„Das ist ein internationales Magazin, dessen Abkürzung in Deutschland für <Nachrichten-International-Aktuell> steht, in England für <News-International-Actually> und in Frankreich für <Nouvelles-International-Actuellement>", antwortete KK Hofer mit einem leichten Stolz in seiner Stimme.

„Und was sollen wir damit?", fragte KOKin Mangold, *„willst du uns ein Abonnement verkaufen?"*

„Nein, verehrte Kollegin", antwortete KK Hofer, der irgendwann gelernt hatte mit dem ätzenden Hu-

mor von Petra Mangold umzugehen, *„da steht ein sehr interessanter Artikel drin."*

KK Hofer schlug eine bestimmte Seite des Magazins auf und zeigte auf den angedeuteten Artikel.

"Mercedes del Carlo ohrfeigte in einem Pariser Nachtclub den Schweizer Bankierssohn Urs Krüger", las KOKin Mangold laut vor und schaute danach in KK Hofers Gesicht.

„Was soll das und wer sind diese Leute?", fragte KHK Heller eher uninteressiert.

„Das ist eine bekannte Operndiva aus Venezuela", kam KOKin Mangold ihrem jungen Kollegen zuvor.

„Um die geht es doch gar nicht", ereiferte sich nun KK Hofer, *„schaut euch doch den Mann einmal genauer an!"*

KHK Heller und KOKin Mangold beugten sich gemeinsam über das Bild unterhalb der Headline. Petras Mine erhellte sich schlagartig, als sie sagte:

„Die Ähnlichkeit ist schon sehr verblüffend."

„Du meinst mit…"

„Mit Goran Jukowitsch", ergänzte KOKin Mangold die Worte von KHK Heller.

KK Hofer, bis gerade eben noch der Ungnade von KOKin Mangold verfallen, fühlte wie sein Stern sich wieder zu heben begann.

„Es kommt noch besser", sagte er mit leuchtenden Augen und holte ein Foto aus seiner Tasche.

„Ich habe die IT-Jungs vom Erkennungsdienst gebeten der Person auf dem Bild den Oberlippenbart abzurasieren und das Toupet zu entfernen, und das ist dabei herausgekommen."

Jetzt war der Triumph perfekt. Das Foto zeigte das Ebenbild von Goran Jukowitsch. Daran hegte KHK Heller keinen Zweifel, und – was für KK Hofer noch wichtiger war – auch nicht KOKin Mangold.

„Du bist der Allergrößte, Erwin", platzte es aus KOKin Petra Mangolds Mund heraus, und beinahe hätte sie KK Erwin Hofer umarmt, hätte KHK Heller nicht gesagt:

„Das kann ja gar nicht sein. Dieser Mann hat zwar eine gewisse Ähnlichkeit mit Goran Jukowitsch, ist es aber nicht.

Ihr könnt doch lesen, dass da <Urs Krüger> steht und nicht <Goran Jukowitsch>. Es kann sich höchstens um einen Doppelgänger handeln."

KK Hofer drohte beinahe zu zerplatzen. Was die anderen nicht wissen konnten, war die Tatsache, dass er noch ein Trumpf-Ass im Ärmel hatte.

„*Ich hätte da einmal eine Frage*", begann er genüsslich, „*wer weiß, wie Gorans Mutter heißt?*"

„*Na <Helene Jukowitsch>, du Witzbold*", antwortete KOKin Mangold.

„*Das meine ich nicht*", antwortete KK Hofer. „*Ich meine, wie sie mit Mädchennamen hieß?*"

Es folgte betretenes Schweigen. Der Groschen bei KOKin Mangold war um eine Spur schneller gefallen als bei KHK Heller, denn die Antwort kam fast unisono:

„*Krüger!*"

Und KK Hofer bestätigte die Antwort mit den Worten:

„*Die Kandidaten haben 100 Punkte.*"

„*Ich habe es gewusst*", sagte KHK Heller, „*irgendwann schnappen wir den Mistkerl. Ich habe es gewusst.*"

KHK Heller hatte Tränen in den Augen, als er das sagte. Er umarmte zuerst Erwin Hofer und danach seine Lebensgefährtin.

„*Ich habe es immer gewusst*", sagte er noch einmal, „*und heute Abend feiern wir bis zum Umfallen.*"

*****

Die drei Kriminalisten saßen in ihrer Lieblings-Trattoria „Da Pepe" und diskutierten heftig.

„Es ist augenscheinlich, dass über dem <Juko-witsch-Clan> ein dunkles Geheimnis liegt", sagte KHK Heller. „Die Frage ist nur, wie wir das herausfinden können."

„Bei ihr selbst werden wir wohl kaum etwas erreichen können", fügte KOKin Mangold hinzu, „entweder ihr Ehemann stellt sich davor oder sie ist gar nicht im Land."

„Aber wir könnten doch sicher herausfinden, wie sie früher gelebt hat, vor ihrer Heirat mit Jukowitsch", sagte KK Hofer. „Oder was meint ihr?"

„Da kümmerst du dich gleich morgen Früh darum, Erwin", sagte KHK Heller, „und ich werde zu Seeger gehen, um mit ihm über die Aufstellung einer Sonderkommission zu reden."

„Aber jetzt ist Schluss", sagte KOKin Mangold. „Ihr kennt das ungeschriebene Gesetz: Nach Dienstschluss keine beruflichen Gesprächsthemen mehr. Jetzt wird gefeiert, und zwar richtig."

*****

Am nächsten Morgen führte KHK Hellers erster Weg zu seinem Chef, um ihm sein Anliegen vorzutragen.

„Wir haben eindeutige Beweise, dass Goran Jukowitsch in die bisher ungeklärten Überfälle mit den Mickey Mouse Masken involviert ist.

Ich möchte Sie daher bitten eine Sonderkommission einrichten zu dürfen."

„Warum so förmlich, mein Lieber?", fragte Dir. Seeger, der es sich nicht verkneifen konnte die Vorstöße seines Hauptkommissars ins Lächerliche zu ziehen.

„Jetzt setz dich erst einmal hin, Martin, und erzähle mir, wie es dir geht."

KHK Heller, der sehr wohl bemerkte, dass er gerade nicht ernst genommen wurde, entgegnete:

„Es gibt zwei Möglichkeiten, Herr Direktor Seeger. Entweder Sie unterstützen mich in meinem Bemühen die größte Verbrechensserie der letzten Zeit aufzuklären, oder ich überreiche Ihnen auf der Stelle meinen Dienstausweis, meine Waffe und meine Kündigung.

Mir liegen genügend Angebote aus Industrie und Wirtschaft vor, die mir ein bequemes und weit besser bezahltes Leben ermöglichen als hier beim BKA.

In letzterem Fall kann ich Ihnen versprechen, dass Ihnen der Fall <Goran Jukowitsch> dermaßen um die Ohren fliegen wird, dass Sie sich nie mehr davon erholen werden.

Und seien Sie sicher, dass Ihnen keinerlei Angebot von Seiten der Industrie oder der Wirtschaft gemacht werden wird.

Sie werden Ihren Hut nehmen müssen und als Frühpensionist daran arbeiten können Ihr Handicap beim Golf zu verbessern."

Dir. Seeger war jegliche Farbe aus dem Gesicht gewichen, während KHK Heller kurz davor war einen Herzinfarkt zu bekommen.

Der Direktor kannte Martin Heller viel zu gut und zu lang, als dass er Zweifel haben konnte, dass dieser nur geblufft hatte.

Und außerdem war KHK Heller sein bestes Pferd im Stall, und seine Aufklärungsquote lag deutlich über dem Durchschnitt.

„Sachte, sachte, lieber Freund", bemühte sich Dir. Seeger in ruhigem Ton um Schadensbegrenzung. *„Es tut mir leid, wenn ich dich irgendwie verärgert haben sollte. Das lag keinesfalls in meiner Absicht.*

Natürlich kannst du eine Sonderkommission bilden, das ist doch klar, mein Lieber. Sag mir nur, wie viele Leute du brauchst, und du bekommst sie."

KHK Heller, dessen Gesichtsröte sich langsam zurückzubilden schien, antwortete:

„Ich brauche keine Leute, Herr Direktor. Die Soko besteht nur aus KOKin Mangold, KK Hofer und mir. Was ich brauche ist vollkommene Handlungsfreiheit und die Rückendeckung durch Sie.

In diese Aktion darf außer meinen Leuten und Ihnen niemand eingeweiht werden. Absolute Geheimhaltung ist oberstes Gebot."

„Ist schon bewilligt", antwortete Dir. Seeger, und bevor er noch fragen konnte, ob denn die Soko auch einen Namen bekommen würde, hatte KHK Heller den Raum schon verlassen.

Als er wenig später in das Zimmer von KOKin Mangold kam, erschrak diese zutiefst.

„Geht es dir nicht gut?", fragte sie besorgt, als sie in das noch immer gerötete Gesicht von KHK Heller schaute.

„Es geht mir gut", antwortete KHK Heller, *„wo ist Erwin?"*

„Auf der Toilette; er kommt gleich wieder", antwortete KOKin Mangold.

„Wenn er zurück ist, kommt ihr beide zu mir. Wir haben etwas zu besprechen."

*****

„*Wie wollen wir die Soko nennen?*", fragte KK Hofer, nachdem KHK Heller ihm und KOKin Mangold von dem Gespräch mit Dir. Seeger berichtet hatte.

Er hatte den beiden nicht den genauen Verlauf des Gesprächs erzählt, sondern sich nur auf das Wesentliche konzentriert.

„*Ist doch klar*", sagte KOKin Mangold, „*wir nennen sie <Soko Maigret>, nach dem Kopf des Ganzen.*"

„*Das ist doch Quatsch*", sagte KHK Heller, dem der Vorschlag sichtlich unangenehm war.

„*Doch, doch*", mischte sich KK Hofer ein, „*ich bin auch dafür.*"

„*Aber ich nicht*", setzte KHK Heller dagegen.

„*Stimmen wir ab*", schlug KOKin Mangold vor, und weil der Ausgang einer solchen Abstimmung schon im Voraus völlig klar war, stimmte KHK Heller schließlich zu.

„*Also lasst uns mit der Arbeit beginnen*", sagte KHK Heller und zündete sich eine Pfeife an.

„*Siehst du, ich habe es dir doch gesagt*", feixte KOKin Mangold, „*Soko Maigret – what else?*"

KK Hofer und KOKin Mangold lachten, und KHK Heller konnte nicht umhin sich ihnen anzuschließen.

„*Du findest heraus, ob Frau Jukowitsch, geb. Krüger, noch lebt, und wenn ja, wo sie lebt*", sagte KHK Heller zu KOKin Mangold. „*Und überprüfe noch einmal das Geburtenregister. Vielleicht ist uns da ein Fehler unterlaufen.*"

„*Und was mache ich?*", fragte KK Hofer.

„*Du besorgst uns alles über diesen Urs Krüger. Ich will jede Kleinigkeit wissen*", antwortete KHK Heller.

Und zu beiden gewandt: „*Wir treffen uns dann wieder in zwei Stunden zu einer Besprechung.*"

*****

„*Was habt ihr herausgefunden?*", fragte KHK Heller seine beiden Kollegen, als sie sich zu ihrer Besprechung zusammensetzten.

„*Willst du anfangen oder soll ich?*", fragte KK Hofer die Oberkommissarin.

„*Fang ruhig an, Erwin*", antwortete KOKin Mangold, „*was hast du Schönes finden können.*"

„*Dank unserer Schweizer Kollegen so einiges*", antwortete KK Hofer. „*Urs Krüger ist bisher noch nicht strafauffällig geworden. Auch nicht bei uns oder anderswo. Aber jetzt kommt es: Urs Krüger weist dasselbe Geburtsdatum auf wie Goran Jukowitsch."*

„*Das ist ja wunderbar*", rief KHK Heller euphorisch. „*Und von was lebt der Herr?*"

„*Ihr werde überrascht sein*", antwortete KK Hofer. „*Urs Krüger hat mit Spekulationen an der Börse ein beträchtliches Vermögen gemacht.*

Er besitzt eine Villa im Tessin, eine Yacht und mehrere Spotwagen, und er hat ein Dauerappartement im Pariser Ritz."

„*Spürt ihr wie ich, dass sich die Schlinge um unseren Goran immer enger zuzieht?*", fragte KHK Heller, und seine Augen leuchteten. „*Ich habe es gewusst, dass ich ihn eines Tages kriegen werde. Und nun ist der Tag nicht mehr fern."*

„*Sollen wir Goran verhaften?*", fragte KK Hofer.

„*Bist du verrückt?*", antwortete KHK Heller, „*auf gar keinen Fall. Das ist nur ein einzelner Stein in unserem Mosaik. Wir müssen erst noch weitere sammeln, bevor wir das Bild zusammensetzen.*

Und was hast du für mich, mein Goldschatz?", fragte er dann KOKin Mangold in freudiger Erwartung.

„*Ich fürchte, das wird dir nicht sehr gefallen*", antwortete KOKin Mangold.

„Warum?", fragte KHK Heller, „hast du Gorans Mutter nicht gefunden?"

„Doch, doch, habe ich", antwortete KOKin Mangold.

„Dann ist doch alles gut", antwortete KHK Heller. „Wo lebt sie und was macht sie? Lebt sie in Montenegro? Hier haben wir sie ja noch nie gesehen.

Und bevor KOKin Mangold weitersprechen konnte, fügte KHK Heller noch schnell hinzu:

„Ich weiß schon, der alte Jukowitsch stellt sich schützend vor sie, und wir kommen nicht an sie heran."

„Bist du jetzt fertig?", fragte KOKin Mangold leicht beleidigt, „denn dann kann ich jetzt weitermachen."

KHK Heller nickte und forderte mit einer Handbewegung seine Kollegin auf fortzufahren.

„Helene Jukowitsch, geb. Krüger, lebt nicht in Montenegro. Sie lebt in einem Pflegeheim, ca. 120 km entfernt von hier."

„Was?", entfuhr es KHK Heller, „wie gibt es denn so etwas? Die kann doch noch gar nicht so alt sein."

„Ist sie auch nicht", antwortete KOKin Mangold. „Helene Jukowitsch ist dement."

Es folgte eine betretene Stille. Auf einmal wurde klar, dass man diese Frau nicht mehr befragen konnte, was aber unabdingbar gewesen wäre, um der Aufklärung der Verbrechen einen großen Schritt näher kommen zu können.

„Verfluchter Mist!"

Damit sprach KHK Heller allen Anwesenden aus der Seele.

„Jetzt stecken wir tief in einer Sackgasse, und wir kommen weder vor noch zurück", sagte KOKin Mangold.

„Das sehe ich nicht so", sagte KK Hofer, *„noch sind wir mit unserem Latein nicht am Ende."*

„Wie meinst du das, Erwin?", fragte KHK Heller. *„Hast du vielleicht noch eine Idee?"*

„Du hast doch nur herausgefunden, wo Helene Jukowitsch derzeit lebt", sagte KK Hofer.

„Ja, und?", antwortete KOKin Mangold.

„Hast du auch recherchiert, was sie vor ihrer Demenz gemacht hat?"

KOKin Mangold sah zuerst zu ihrem Lebensgefährten und dann zu KK Hofer.

„Nein, habe ich nicht", antwortete KOKin Mangold fast ein wenig verlegen.

„*Das habe ich mir gedacht*", antwortete KK Hofer in einem Tonfall, frei von Vorwurf oder Ironie und fuhr dann fort:

„*Ich würde das gern machen, wenn es euch recht ist.*"

„*Ja, mach das Erwin*", sagte KHK Heller, „*vielleicht hilft uns das ja weiter.*"

„*Gute Idee*", pflichtete KOKin Mangold bei, die sehr froh darüber war, dass ihre eventuell doch etwas zu oberflächliche Recherche keine Nachwehen mit sich gebracht hatte.

„*Ich habe einen lieben Freund aus meiner Studienzeit, der uns weiterhelfen könnte*", sagte KK Hofer.

„*Und auf welche Weise könnte er das?*", fragte KHK Heller skeptisch.

„*Er ist ein absoluter Computerfreak und kann Dinge, von denen wir Normalsterbliche nur träumen können.*"

Vielleicht frei nach dem Motto <Legal-illegal-scheißegal> oder so ähnlich?", fragte KHK Heller.

Die Antwort von KK Hofer erfolgte in Form eines Achselzuckens, umrahmt von einem Lächeln.

„Das ist mir zu riskant", sagte KHK Heller, *„und ich kann auch nicht erkennen, was dein Freund mehr erreichen könnte, als wir mit unseren Möglichkeiten."*

„Und wenn ich seine Fähigkeiten nütze, ohne dass er offiziell bei uns mitarbeitet?", setzte KK Hofer nach.

„Das wäre zu überlegen", sagte KOKin Mangold, und zu KHK Heller gewandt:

„Findest du nicht auch?"

„Mach, was du für richtig hältst, Erwin, und lass mich außen vor", antwortete KHK Heller, und damit war dieses Thema zunächst einmal vom Tisch.

*****

Es folgten viele Tage der Recherche. Mit den gesetzlich zur Verfügung stehenden Mitteln konnte nur herausgefunden werden, dass Helene Krüger in Deutschland nicht entbunden hatte.

„Dann drehen wir uns jetzt wohl im Kreis", antwortete KHK Heller resignierend. *„Keine Unterlagen für eine Geburt, keine Handhabe gegen Goran Jukowitsch. Dann können wir die Akte schließen und wieder zum Tagesgeschäft übergehen."*

„*Leb wohl, <Soko Maigret> und ruhe sanft!*", vervollkommnete KOKin Mangold den Schwanengesang ihres Lebensgefährten.

„*Und was ist, wenn ich jetzt doch <Hackepeter> mit ins Boot hole?*", fragte KK Hofer.

„*Wer ist das denn?*", fragte KOKin Mangold.

„*Na, mein Freund, von dem ich euch erzählt habe*", antwortete KK Hofer.

„*Den Spitznamen hat er auf der Universität bekommen, weil er den Zentralcomputer gehackt hat. Eigentlich heißt er Peter Weinfurth.*"

Erwin Hofer und Petra Mangold schauten erwartungsvoll auf ihren Chef. Als dieser keinerlei Reaktion zeigte, sagte Petra:

„*Willst du, dass Goran ungeschoren davonkommt, und dass der Mord an dem Wachmann ungesühnt bleibt?*"

„*Aber du bringst ihn niemals mit hierher, Erwin, dass das klar ist*", sagte KHK Heller, und die Flamme der Leidenschaft, die schon kurz vor dem Erlöschen war, wurde mit einem Schlag wieder neu entfacht.

*****

„*Ich habe mir da einmal etwas überlegt*", sagte KK Hofer bei einem Feierabendbier in der Trattoria. Inzwischen war es kein Sakrileg mehr beim Italiener Bier statt Wein zu trinken.

„*Und was hast du dir überlegt, mein lieber Erwin?*", fragte Petra Mangold.

„*Wir haben zwar herausgefunden, dass Helene Jukowitsch keine Entbindung in einem deutschen Krankenhaus gehabt hat; aber was ist, wenn die Entbindung im Ausland stattgefunden hat?*"

„*Vielleicht in der Schweiz?*", meldete sich Martin Heller zu Wort.

„*Das klingt vielversprechend*", sagte Petra Mangold, „*aber wie wollen wir das herausfinden?*"

„*Wir gar nicht*", entgegnete Erwin Hofer, „*aber vielleicht Hackepeter.*"

„*Grüße ihn schön von uns, wenn du ihn wieder einmal sehen solltest*", sagte Martin Heller, was einer indirekten Aufforderung gleichkam diesen Weg zu beschreiten.

*****

„*Wie hast du das nur gemacht?*", fragte Erwin Hofer seinen Freund Peter Weinfurth, alias <Hackepeter>.

„*Das war gar nicht so schwer*", antwortete Peter Weinfurth, „*eine Anfrage beim Schweizer Geburten-zentralregister in Zürich, und schon bin ich fündig geworden.*"

„*Aber wieso haben sie dir Auskunft erteilt?*", fragte Erwin Hofer, „*die nehmen es doch mit dem Daten-schutz noch viel genauer als wir.*"

Und dann erklärte Peter Weinfurth dem völlig verdutzten Freund seine erfolgreiche Vorgehensweise:

„*Zuerst habe ich dort angerufen und habe mich als Oberarzt der Gynäkologie des <Friedrich Hollerbach-Klinikums> in Berlin ausgegeben.*

Dann habe ich gesagt, dass ich eine schriftliche Anfrage per Fax stellen wolle, und um umgehende Beantwortung an die Fax-Nummer der Klinik ersucht.

Das Faxformular habe ich professionell gestaltet mit Faxnummer, Telefonnummer und Email-Adresse der Klinik.

Im Text der Anfrage habe ich dann den Namen von Helene Krüger angeführt, verbunden mit der Frage, wann sie entbunden habe, wo sie entbunden habe, und ob die Säuglinge alle gesund gewesen seien.

Am Ende der Anfrage dann das übliche Blabla mit <vielen Dank>, <kollegialem Gruß> und Unter-schrift."

„*Und das hat funktioniert?*", fragte Erwin Hofer erstaunt.

„*Warte, ich bin noch nicht fertig*", antwortete Peter Weinfurth, „*der Clou des Ganzen kommt ja noch:*

„*Am übernächsten Tag habe ich dann angerufen und gesagt, dass das Fax nicht angekommen wäre, und sie möchten die Unterlagen doch per Mail senden.*"

„*Wieso das denn?*", fragte Erwin Hofer, „*das verstehe ich nicht.*"

„*Pass auf, Erwin*", fuhr Peter Weinfurth fort, „*die Telefonnummer der Klinik und die Faxnummer waren echt. Zumindest dem Aussehen nach. Und den Email-Account habe ich über ein Prepaid-Handy eingerichtet.*

Und als ich sagte, dass das Fax nicht angekommen sei, haben die mir brav die Unterlagen an das Email-Konto geschickt. Et voila, hier hast du deine Unterlagen."

Mit diesen Worten überreichte Peter Weinfurth seinem Freund die ausgedruckte Mail.

„*Ich muss sofort meine Kollegen anrufen und ihnen das zeigen*", sagte Erwin Hofer und stürmte los. Er kehrte jedoch sofort wieder zurück und umarmte seinen genialen Freund mit den Worten:

„Bitte entschuldige, jetzt hätte ich beinahe verges-sen mich bei dir zu bedanken. Hackepeter, du warst, du bist, und du wirst immer der Größte sein!"

Dann stürmte er wieder hinaus und noch im Laufen rief er seine beiden Kollegen an, um sich mit ihnen zeitnah zu treffen.

„Wenn das herauskommt, was dein Freund ge-macht hat, dann haben wir ein Riesenproblem."

Das waren die ersten Worte von KHK Heller, als KK Hofer ihm und KOKin Mangold die Mail zeigte.

„Du kannst völlig unbesorgt sein", antwortete KK Hofer, *„Peter hat keine Spuren hinterlassen. Das Prepaid-Handy ist zerstört und der Email-Account ist gelöscht.*

Und das Ganze hat er in einem Internet-Café ver-anstaltet, wo man ihn nicht kennt. Und außerdem hatte er sich unkenntlich verkleidet."

KHK Heller tat so, als wäre er überzeugt von dem Gesagten, konnte aber die vorhandenen Zweifel nur bedingt bei sich ausräumen.

Aber dann widmeten sich die drei Freunde dem brisanten Material. Und sie sahen es schwarz auf weiß:

„Am 13. Mai 1982 wurde Frau Helene Krüger im <Wilhelm-Tell-Hospital Graubünden> von gesunden

Drillingen entbunden. Es handelte sich um zwei Bu-
ben und ein Mädchen."

KHK Hellers Hand zitterte, als er das Blatt, auf
dem die frohe Botschaft stand, in den Händen hielt.
Tränen stiegen in seine Augen, und sein Mund formte
nur ein einziges Wort: „Danke!"

*****

Als KHK Heller am nächsten Morgen das Büro
von Dir. Seeger betrat, tat er dies nicht ohne ein Gefühl der Genugtuung.

Hatte er noch vor einigen Tagen hoch gepokert, als
er mit seiner flammenden Rede um die Bildung einer
Soko bat, so trat er jetzt wieder vor ihn mit einem
Gewinnerblatt in der Hand.

„Wir haben jetzt Beweise dafür, dass Goran Juko-
witsch einer der Täter bei diversen Überfällen der
vergangenen Zeit war.

Und wir werden ihn zur Strecke bringen, auch
wenn Sie daran heftige Zweifel hatten. Es ist nur noch
eine Frage der Zeit."

KHK Heller genoss jedes einzelne Wort, und er
badete sich förmlich im Gesichtsausdruck seines Vorgesetzten.

„*Das ist ja großartig, lieber Martin*", sagte Dir. Seeger, dem diese Worte der Anerkennung seelische Pein verursachten, musste er damit ja zugeben, dass er falsch gelegen hatte.

„*Ich bin stolz auf dich und deine Mannschaft. Richte bitte den Kollegen meine Anerkennung und meinen Dank aus!*"

KHK Heller dachte nicht eine Sekunde lang daran das Friedensangebot von Dir. Seeger anzunehmen, und er antwortete daher ganz bewusst:

„*Vielen Dank, Herr Direktor, ich werde es an meine Kollegen weitergeben.*"

Als er kurz danach wieder bei KOKin Mangold und KK Hofer im Zimmer war, musste er den beiden genau berichten, wie das Gespräch mit Dir. Seeger verlaufen war.

„*Er hat jetzt einen weißen Mund*", schloss KHK Heller seinen Bericht ab, was einige Verwirrung auslöste.

„*Wie, was heißt das?*", fragte KK Hofer, und KHK Heller antwortete:

„*Das kommt daher, weil er so viel Kreide gegessen hat.*"

Jetzt verstanden die beiden, was KHK Heller damit gemeint hatte, und sie mussten herzlich darüber lachen.

„*Aber jetzt zurück zur Arbeit*", sagte KHK Heller. „*Wir brauchen eine Plan, wie wir das <Trio Infernale> zur Strecke bringen können.*"

„*Hackepeter hätte da eine Idee*", sagte KK Hofer.

„*Wieso Hackepeter?*", fragte KHK Heller skeptisch.

„*Wieso nicht Hackepeter?*", antwortete KK Hofer trotzig, „*ohne ihn wären wir heute nicht da, wo wir jetzt sind.*"

„*Wo er recht hat, hat er recht, Martin*", mischte sich KOKin Petra Mangold ein, „*das musst du zugeben.*"

„*Ist ja gut*", lenkte KHK Heller ein und fragte KK Hofer:

„*Und wie sieht die Idee von deinem Hackepeter aus?*"

„*Unser Hackepeter schlägt vor, dass wir Goran eine Falle stellen*", antwortete KK Hofer.

„*Eine Falle, soso*", sagte KHK Heller, „*und wie soll diese Falle aussehen?*"

„*Wir nehmen eines der Bilder von den Überwachungskameras aus den vergangenen Überfällen und modifizieren es so, dass es aussieht, als wäre es aktuell.*"

„*Und weiter?*", drängte KOKin Mangold.

„*Dann holen wir Goran und konfrontieren ihn damit.*"

„*Das ist Schwachsinn*", sagte KHK Heller, „*und das wisst ihr auch. Goran wird dann wieder die Nummer mit dem Paris-Aufenthalt abziehen, und wir stehen wieder da wie die Deppen.*"

„*Nicht, wenn wir vorher sein gefaktes Alibi zerstören*", antwortete KK Hofer.

„*Und sagst du uns auch, wie das gehen soll?*", sagte KHK Heller.

„*Ganz einfach*", antwortete KK Hofer, „*wir müssen nur sichergehen, dass sein Bruder Urs an diesem Tag nicht im Ritz sein kann.*"

„*Und wie machen wir das?*", fragte KOKin Mangold.

„*Wir gar nicht*", antwortete KK Hofer, „*das macht die <Sûreté Nationale> für uns, bzw. Commissaire Durrieux, der Freund von Dir. Seeger.*"

„*Das klingt gar nicht einmal so schlecht*", sagte KHK Heller, der allmählich begann Gefallen an dieser verrückten Idee zu finden.

„*Aber eine große Unbekannte bleibt dennoch*", sagte KHK Heller, „*wie können wir es anstellen, dass Goran keinen Zeugen hat, dass er zuhause war?*"

„Was meinst du damit?", fragte KOKin Mangold.

„Er könnte ja an diesem Tag zuhause gewesen sein oder bei Freunden, oder in irgendeinem Restaurant, was weiß ich.

In diesem Fall würde zwar die Nummer mit dem Ritz in Paris ins Wasser fallen; aber den Überfall könnten wir ihm dann trotzdem nicht anhängen."

„Mist, daran haben wir gar nicht gedacht", sagte KOKin Mangold enttäuscht.

„Wir nicht", antwortete KK Hofer, *„aber Hackepeter."*

„So allmählich geht mir dein Hackepeter auf die Nerven", sagte KHK Heller, *„sind wir die Polizei oder er?"*

„Sei froh, dass wir ihn haben", beschwichtigte KOKin Mangold ihren Lebensgefährten, dessen Äußerung nicht wirklich so ernst gemeint war, wie sie vielleicht klang.

„Also sag schon, Erwin", sagte KHK Heller, *„was schlägt das Superhirn vor?"*

„Wir müssen nur herausfinden, ob es einen Tag gibt oder wenigstens ein paar Stunden, in denen Goran allein ist."

Es folgte ein langer Moment des Schweigens. Die drei Kriminalisten durchforsteten ihre Gehirne nach einer Antwort auf diese schwierige Frage.

„Ich sehe nur eine Möglichkeit", unterbrach KK Hofer die Stille, *„wir müssen den lieben Goran solange beschatten, bis wir eine Lösung für dieses Problem herausgefunden haben."*

„Na toll", sagte KOKin Mangold, *„das bedeutet wenig Schlaf und wenig Freizeit in den nächsten Tagen und Wochen."*

*****

Dass es nur wenige Tage brauchen würde, um das gewünschte Ergebnis zu erhalten; damit hatte keiner gerechnet.

Die Überraschung war riesengroß, als KOKin Mangold während ihrer Beschattung herausfand, dass der Macho Goran Jukowitsch jeden Morgen für ein paar Stunden zum Angeln an einen See fährt.

Und das regelmäßig Tag für Tag und alleine.

Als sie ihre Entdeckung den Kollegen mit einem breiten Grinsen und einem „Petri Heil!" auftischte, brach ein schallendes Gelächter aus.

„Jetzt haben wir alles, was wir brauchen", sagte KHK Heller, und er bat KK Hofer, er möge den ein-

zigartigen <Hackepeter> für den Abend zu einem Arbeitsessen in die Trattoria <Da Pepe> bitten.

*****

Martin Heller hatte den Wirt der Trattoria gebeten, er möge ihnen einen separaten Raum für eine wichtige Besprechung zur Verfügung stellen.

Pepe war dem Wunsch nachgekommen, und so saßen die drei Kriminalisten mit <Hackepeter> in einem kleinen Zimmer, das normalerweise als Büroraum genutzt wurde.

Es war gerade so groß, dass die kleine Gesellschaft Platz an einem Tisch fand, den Pepe extra zu diesem Anlass bereitgestellt hatte.

Zuerst folgte ein ausgiebiges Mahl mit frischen Meeresfrüchten und Wein. Als der Tisch danach abgeräumt war, bat Martin Heller den Wirt, er möge mehrere Flaschen Wein, Wasser und eine Flasche Grappa herbeibringen, und erst dann wieder erscheinen, wenn er dazu aufgefordert werden würde.

Pepe tat, wie ihm geheißen. Er hätte das wohl sonst für keinen anderen Menschen auf der Welt gemacht, außer für Martin.

Martin hatte ihm in schwierigen Zeiten, als Schutzgelderpressung noch an der Tagesordnung war, geholfen, und das hatte er ihm nie vergessen.

„Bevor wir beginnen, möchte ich unserem Freund Peter Weinfurth, alias <Hackepeter> das DU-Wort anbieten, und ich gehe davon aus, dass ich im Namen aller hier spreche“, sagte Martin Heller, und Petra Mangold nickte eifrig, ebenso wie Erwin, obwohl dieser ja schon immer ein Duzfreund von Peter war.

„Wie sehr du uns geholfen hast einen schier unlösbar scheinenden Fall zu lösen, das muss ich dir nicht extra sagen, mein Lieber“, fuhr Martin fort, *„und dafür werde ich dir ewig dankbar sein.“*

Peter <Hackepeter> Weinfurth errötete leicht ob der vielen Worte des Lobes, und sein Gesicht strahlte vor lauter Freude.

„Das habe ich sehr gern gemacht“, antwortete er, *„und ich danke euch sehr, dass ihr mich in eure Runde aufgenommen habt.“*

„Wie wäre es, wenn wir Peter den Titel <Kommis­sar ehrenhalber> verleihen würden?“, fragte Petra Mangold, *„verdient hätte er es allemal.“*

„Eine Superidee“, pflichtete Martin Heller bei. Dann erhob er sein Glas und sagte:

„Wir trinken auf Peter Weinfurth, Kommissar h.c., und auf die Freundschaft!“

Die vier Freunde stießen an und leerten die Gläser auf einen Zug.

„Jetzt lasst uns einen Schlachtplan machen, wie wir die Brut des Bösen zur Strecke bringen", sagte Martin Heller, und der ganze Raum ward von höchster Konzentration erfüllt.

„Ich habe mir das so gedacht", begann <Hackepeter> mit seinen Ausführungen.

„Wir besorgen uns die gleichen Mickey Mouse Masken, die auch Goran verwendet hat. Sie sind handelsüblich; ich habe das schon gegoogelt.

Die setzt ihr auf und ich mache eine <Bluescreen-Fotografie> von euch. "

„Was ist das? ", unterbrach Martin Heller.

„Das ist ein Verfahren, welches in der Film- und Fernsehtechnik angewendet wird", antwortete Peter Weinfurth. *„Ich fotografiere euch vor einem neutralen Hintergrund und montiere euch später in ein anderes Bild hinein. "*

„Die Geschichte funktioniert so nicht", unterbrach Martin Heller erneut, *„Goran sieht doch sofort an unserer Statur, dass er das niemals sein kann. "*

„Aber das ist ja der Witz bei der Sache", sagte Peter Weinfurth, *„er soll es ja sehen. "*

„*Das ist mir zu hoch*", entgegnete Martin Heller, und Petra Mangold stimmte ihm zu, indem sie hinzufügte:

„*Ich verstehe das gerade auch nicht...*"

„*Passt auf*", sagte Peter Weinfurth, „*ich erkläre es euch:*

„*Wir zeigen Goran Jukowitsch das Bild. Er erkennt natürlich sofort, dass er das nicht sein kann. Wenn ihr ihn dann nach seinem Alibi fragt, wird er mit allergrößter Freude die Nummer mit dem Ritz abziehen.*"

„*Das funktioniert trotzdem nicht*", sagte Petra Mangold mit resignierendem Ton.

„*Und warum nicht?*", fragte Peter Weinfurth.

„*Ganz einfach*", antwortete Petra Mangold, „*weil wir nicht sicher sein können, dass einer der Brüder ausgerechnet an diesem Tag im Ritz sein wird.*"

„*Irrtum, mein Liebe*", antwortete Peter Weinfurth, „*ganz großer Irrtum!*"

Das Genie <Hackepeter> Peter Weinfurth wurde in diesem Moment von drei Augenpaaren erwartungsvoll angestarrt.

Er kostete diesen Moment voll aus, bevor er die drei Freunde erlöste.

„*Es gibt einen Tag in der Woche, den Urs Krüger fix im Ritz verbringt.*"

„*Was ist das für ein Tag?*", drängte Petra Mangold begierig zu wissen.

„*Es ist der Dienstag*", antwortete Peter Weinfurth. „*An diesem Tag trifft sich Urs Krüger mit Geschäftsfreunden zum Essen im Ritz und anschließendem Zeitvertreib mit Damen.*"

„*Ich werde verrückt*", sagte Martin Heller mit größtem Erstaunen, „*woher weißt du das alles?*"

„*Wir leben im Zeitalter der Überwachung*", antwortete Peter Weinfurth, „*<Big Brother Is Watching You>, jeder überwacht jeden.*"

„*Auch in einem Nobelschuppen wie das Ritz?*", fragte Petra Mangold.

„*Gerade da*", antwortete Peter Weinfurth, „*seit <Charlie Hebdo> und den vielen Terroranschlägen haben die großen Hotels Angst um ihre Gäste.*

Sie haben überall Kameras installiert. Es sind gerade so viele, dass sie zwar alles erfassen können; aber von den Gästen unbemerkt bleiben."

„*Und wie bist du an diese Aufnahmen gekommen?*", fragte Martin Heller.

Peter Weinfurth überlegte einen Augenblick, bevor er antwortete:

„*Soll ich dir als Peter Weinfurth antworten oder als<Hackepeter>?*"

„*Ich will es gar nicht mehr wissen*", antwortete Martin Heller, dem in diesem Moment klargeworden war, dass die Aktion sehr wahrscheinlich nicht stubenrein war.

„*Ich fasse dann einmal zusammen, wenn ich darf*", sagte Petra Mangold:

1. *Wir machen das Bild von dem fingierten Überfall mit uns als Hauptdarsteller.*

2. *Unsere Pariser Kollegen ziehen an einem Dienstag Urs Krüger aus dem Verkehr.*

3. *Wir holen uns Goran Jukowitsch zwei Tage später zum Verhör und konfrontieren ihn mit dem Bild.*
4. *Er fühlt sich sicher und tischt uns sein Märchen mit dem Ritz auf.*

5. *Daraufhin konfrontieren wir ihn unsererseits mit der Tatsache, dass sein Bruder zum Zeitpunkt des Überfalls nicht im Ritz war.*

6. *Wenn wir ihm dann sagen, dass eine Anklage wegen mehrfachen Raubes und Mord auf ihn zukommt, bricht er zusammen.*"

„*Genauso habe ich mir das vorgestellt*", antwortete Peter Weinfurth. „*Was haltet ihr davon?*"

„*Könnte vielleicht klappen*", antwortete KOKin Mangold, „*was meinst du, Martin?*"

„*Es muss klappen*", sagte Martin Heller, „*es ist unsere einzige Chance*".

Und Martin Heller fügte mit dem Brustton der Überzeugung hinzu:

„*Es wird klappen. Der Plan ist einfach zu gut.*"

*****

Peter Weinfurth hatte schon alles hergerichtet. Ein großes grünes Tuch hing an der Wand seines Wohnzimmers.

„*Wieso ist das Tuch grün?*", fragte Martin Heller. „*Das Verfahren heißt doch <Bluescreen> oder?*"

„*Man kann eigentlich fast jede Farbe nehmen*", antwortete Peter Weinfurth, „*die Schlüsselfarben blau und grün verwendet man vorzugsweise, weil sie am menschlichen Körper üblicherweise nicht vorkommen und sich gut von Hauttönen abheben.*"

„*Ich danke dir für diesen wissenschaftlichen und hochinteressanten Vortrag*", sagte Martin, „*aber lasst uns jetzt endlich anfangen.*"

Und dann posierten die drei maskierten Kriminalbeamten - ausgestattet mit Mickey Mouse Masken
und Pistolen - vor dem grünen Hintergrund, und Peter
Weinfurth schoss ein Foto nach dem anderen.

Dir. Seeger, der von KHK Heller instruiert worden
war, hatte seinen französischen Kollegen, Commissaire Darrieux, telefonisch darum gebeten Urs
Krüger vorübergehend aus dem Verkehr zu ziehen.

Und das veranlasste er dann auch. Am Montag-
abend, genau um 22:30 Uhr klickten im Ritz die
Handschellen. Urs Krüger wurde wegen dringenden
Tatverdachts vorläufig festgenommen.

Damit hatte die <Soko Maigret> genau 48 Stunden
Zeit, um Goran zu knacken. Danach müsste man den
Inhaftierten einem Untersuchungsrichter vorführen,
der ihn zweifelsohne auch wieder sofort freilassen
würde.

Goran Jukowitsch staunte nicht schlecht, als er
beim Verlassen des Hauses von maskierten Männern
verhaftet wurde.

Es handelte sich um eine Spezialeinheit der Polizei, deren Auftreten eine leichte Verunsicherung bei
Goran Jukowitsch auslösen sollte.

Die gewünschte Wirkung hielt auch eine kurze
Zeit lang an, verpuffte aber schon wieder, als KHK
Heller und KOKin Mangold den Vernehmungsraum
betraten.

KHK Heller legte vor Goran Jukowitsch mehrere Bilder von einem Raubüberfall auf die Sparkasse Freilassheim vor und sagte:

„Sie können es wohl nicht lassen, Herr Jukowitsch. Und ich nehme an, dass Sie wieder in Paris waren, als das geschah."

Goran Jukowitsch, wissend, dass er keinen Überfall begangen hatte, ließ sich trotzdem auf das Spiel ein.

„Wann soll das denn gewesen sein, Herr Wachtmeister?", fragte er süffisant.

„Das wissen Sie doch ganz genau", antwortete KHK Heller, der große Mühe hatte seine Freude darüber zu verbergen, dass Goran Jukowitsch gerade dabei war, ihnen auf dem Leim zu gehen.

„Es war am Dienstagvormittag."

„Das tut mir jetzt aber sehr leid", sagte Goran Jukowitsch, *„und Sie werden es kaum glauben; aber da war ich tatsächlich im Ritz."*

KHK Heller sah seine Kollegin mit großer Betroffenheit an und antwortete dann:

„Das gibt es doch nicht. Ich werde das sofort überprüfen lassen."

Mit diesen Worten verließ er eilig den Verhörraum, dicht gefolgt von KOKin Mangold, die sich nur mit aller Mühe beherrschen konnte.

Als die beiden im Raum hinter der Glasscheibe vom Vernehmungsraum angekommen waren, prustete sie los.

„Wir haben ihn, wir haben ihn", frohlockte KK Hofer, der das Szenario, zusammen mit Dir. Seeger, beobachtet hatte.

„Noch nicht, Erwin", sagte KHK Heller, *„aber dieses Mal kriegen wir ihn."*

KHK Heller ließ eine gute Viertelstunde vergehen, bevor er mit KOKin Mangold zurück in den Verhörraum ging.

„Nun, Herr Wachtmeister", begrüßte Goran Jukowitsch die Ankömmlinge, *„ich nehme an, ich kann gehen."*

„Gleich, Herr Jukowitsch", antwortete KHK Heller, *„nur noch eine kleine Formalität, dann können Sie gehen. Und zwar direkt ins Gefängnis."*

„Sind Sie verrückt?", sagte Goran Jukowitsch, der gerade im Begriff war etwas von seiner Überheblichkeit zu verlieren. *„Hat Ihnen das Ritz nicht mein Alibi bestätigt?"*

„Nein, leider nicht, Herr Jukowitsch", antwortete KHK Heller, *„Ihr Bruder saß zum Zeitpunkt des*

Überfalls schon in Untersuchungshaft, und Sie waren ja nicht dort, wie wir beide wissen."

Goran Jukowitsch sackte kurz in sich zusammen. Aber dann richtete er sich wieder auf und verkündete siegessicher:

„Ich habe mir nur einen kleinen Spaß mit Ihnen erlaubt, ich war an diesem Tag gar nicht in Paris. Ich war hier."

„Sie meinen im Haus Ihres verehrten Herrn Papas?", fragte KHK Heller.

„Genau", antwortete Goran Jukowitsch.

„Auch das werden wir überprüfen. Wenn Ihr Vater das bestätigen kann, dann können Sie selbstverständlich gehen", sagte KHK Heller.

„Wenn Sie mir die Telefonnummer Ihres Vaters geben, dann könnte ich ihn gleich anrufen", sagte KOKin Mangold mit einem charmanten Lächeln.

„Das geht nicht", antwortete Goran Jukowitsch.

„Warum nicht?", fragte KOKin Mangold genüsslich, der nicht entgangen waren, wie dem Befragten langsam die Felle davon schwammen.

„Sagen Sie bloß, Sie kennen die Telefonnummer Ihres eigenen Vaters nicht."

Goran blickte hilflos auf die Glasscheibe des Verhörraums. Er wusste natürlich aus vielen Filmen, dass man von seiner Seite aus nicht hindurchsehen konnte, dass es aber von der anderen Seite sehr wohl möglich war.

„Ich war nicht zuhause", sagte er mit tonloser Stimme.

„Ja wo waren Sie den dann?", fragte KOKin Mangold, *„vielleicht in Rom oder London?"*

Goran war bewusst, dass er gerade wie ein Zirkusaffe vorgeführt wurde, und dass sein Alibi in Wirklichkeit keines war. Und trotzdem versuchte er sein Glück:

„Ich war angeln an einem See."

Da holte KOKin Mangold zu dem alles vernichtenden Schlag aus:

„Kann das jemand bezeugen? Vielleicht der eine oder andere Hecht? Oder ein Karpfen, vielleicht eine Forelle?"

Jetzt war es KHK Heller, der dem Theater ein Ende setzte, indem er sagte:

„Goran Jukowitsch, ich verhafte Sie wegen diverser Raubüberfälle und wegen Mordes an dem Wachmann, Wilhelm Sauer."

„Das war ich nicht", platzte es aus Goran Jukowitsch heraus, *„ich habe nicht geschossen, das war
Urs. "*

„Oder war es vielleicht Ihre Schwester? ", ließ
KOKin Mangold einen Versuchsballon steigen, und
Goran Jukowitsch fiel prompt darauf herein.

*„Heidi war es nicht, es war Urs. Heidi kann keiner
Fliege etwas zuleide tun. "*

Dank der großen Liebe des Bruders zu seiner
Schwester, erfuhren jetzt die Kriminalbeamten auch
noch deren Vornamen.

„Bringen sie den Mann in die Zelle ", sagte KHK
Heller zu einem uniformierten Beamten, der vor der
Tür stand. Martin Heller hatte an diesem Tag einfach
genug. Er wollte nur noch nach Hause.

*****

Der große Sieg zeichnete sich am nächsten Tag ab.
KHK Heller hatte vor der Vernehmung mit dem Oberstaatsanwalt Dr. Steinbrecher darüber gesprochen,
inwieweit Zugeständnisse an Goran Jukowitsch denk-
bar wären, im Gegenzug für ein umfassendes Ge-
ständnis.

Dr. Steinbrecher hatte KHK Heller keine konkre-
ten Angaben gemacht, aber durchblicken lassen, dass

er – unter gewissen Umständen – geneigt wäre Zugeständnisse zu machen.

Versehen mit dieser schwammigen Kenntnis, führte KHK Heller das Verhör vom Vortag fort. KOKin Mangold war wieder an seiner Seite.

„Hören Sie, Herr Jukowitsch, es liegt jetzt an Ihnen, wie Ihre Strafe ausfallen wird. Wenn Sie kooperieren, wird Ihnen die Staatsanwaltschaft entgegenkommen."

Goran Jukowitsch, um ein ordentliches Stück kleiner als noch vor Tagen, sah KHK Heller fragend an und sagte dann:

„Werde ich dann vielleicht freigesprochen oder bekomme ich wenigstens Bewährung?"

Mit dieser Frage hatte Goran Jukowitsch seine Hose völlig heruntergelassen. Seine Coolness und seine lockeren Sprüche hatten sich in Luft aufgelöst.

Übrig geblieben war nur noch ein kleines Häufchen Elend, das verzweifelt nach einem Strohhalm griff, und der noch nicht einmal vorhanden war.

„Ich kann Ihnen nicht sagen, was der Richter machen wird", antwortete KHK Heller, *„aber wie schon gesagt, Sie können Ihre Lage nur noch verbessern."*

Was dann folgte, war eine Geschichte, die an Tragik und ein Stück weit auch an Traurigkeit nicht mehr zu überbieten war:

Helene Krüger arbeitete als Reinigungskraft in einem Altersheim, nahe der Schweizer Grenze. Der Verdienst war nicht gerade üppig.

Von einer Kollegin erfuhr sie, dass in der benachbarten Schweiz Leihmütter gesucht werden. Sie bekam eine Adresse von ihrer Kollegin und fuhr dort hin.

Man legte ihr einen Vertrag vor, den sie ohne lange nachzudenken sogleich unterschrieb. Die zu erwartende Entlohnung hatte sämtliche Bedenken bei ihr mit einem Schlag weggewischt.

Die Ehefrau aus der Schweiz litt unter einem <Küster-Hauser-Syndrom>. Das ist eine angeborene Fehlbildung des weiblichen Genitals und lässt die Zeugung eines Kindes nicht zu. Und der Ehemann war Besitzer einer Bank und brauchte dringend einen Erben.

Ein erstes Treffen von Helene und dem Ehepaar mit unerfülltem Kinderwunsch wurde arrangiert, und nach einem kurzen gegenseitigen Beschnuppern kam man sich näher.

Es erfolgte schon bald eine eingehende Untersuchung durch einen Gynäkologen, und als dieser grünes Licht gab, floss auch schon die erste Zahlung.

Die letzten Monate vor der Entbindung reiste Helene nach Griechenland und blieb dort bis zur Entbindung. Das Schweizer Ehepaar hatte ihr eine Wohnung besorgt und sich darum gekümmert, dass es ihr an nichts fehlte.

Als Helene die Drillinge zur Welt gebracht hatte, stand sie vor einem großen Problem. Das Schweizer Ehepaar wollte lediglich einen Sohn. Die beiden andern Kinder sollten entweder in ein Heim kommen oder bei Helene verbleiben.

Es gelang Helene das Ehepaar zu überreden auch das Mädchen zu nehmen. Der zweite Knabe blieb dennoch „übrig".

Helene brachte es nicht über ihr Herz den Knaben in ein Heim zugeben. So stand sie auf einmal da, um 25.000 Schweizer Franken reicher und mit einem kleinen Kind.

Der Besitzer der Bank machte dem Chef der griechischen Klinik eine großzügige Spende, was ihm eine Geburtsurkunde für Urs und Heidi Sprüngli einbrachte.

Und Helene Krüger bekam eine Geburtsurkunde, lautend auf den Namen „Georg Krüger", und sie unterschrieb eine Verschwiegenheitsvereinbarung, die besagte, dass sie über diese Transaktion Stillschweigen zu wahren habe.

Nach ihrer Rückkehr nach Deutschland lernte sie irgendwann Dragan Jukowitsch kennen. Dieser gut aussehende Mann hatte bereits zwei Ehen hinter sich.

Beide Ehen waren kinderlos geblieben. Dragan verliebte sich in Helene und heiratete sie. Mehrere Versuche einer Schwangerschaft mit Helene zu erreichen, blieben erfolglos. Er ließ sich daraufhin untersuchen, was ihm die Gewissheit einbrachte unfruchtbar zu sein.

Weil er jedoch unbedingt Vater sein wollte, adoptierte er das Kind von Helene und ließ in diesem Zusammenhang auch dessen Vornamen von Georg in Goran umwandeln.

Das alles hatte zur Folge, dass bei den deutschen Behörden nur eine Helene Jukowitsch aufschien, Mutter eines Kindes mit Namen Goran.

Und so war es auch nicht verwunderlich, dass Goran die Polizei über einen langen Zeitraum zum Narren halten konnte.

Als bei Helene Jukowitsch eine beginnende Demenz diagnostiziert wurde, schob sie ihr Gatte, der Herr Botschafter, in ein Pflegeheim ab. Eine verwirrte Person an seiner Seite hätte bei offiziellen Anlässen nicht so gut gepasst.

Das Pflegeheim war zwar eine „Upperclass-Einrichtung", aber es zeigte Helene Jukowitsch deutlich, aus welchem Holz ihr Gatte geschnitzt war.

Diese bittere Erkenntnis und das Bewusstsein, sich bald nicht mehr erinnern zu können, ließ sie den Entschluss fassen, ihrem Sohn Georg, vulgo Goran, die Existenz seiner Geschwister mitzuteilen.

Als Goran diese ungeheure Neuigkeit erfahren hatte, beschloss er zwei Dinge:

1. Die Adresse seiner Geschwister herauszufinden, und sich mit ihnen zu treffen.

2. Rache zu nehmen am Establishment.

Ausgestattet mit diesen guten Vorsätzen, ging er schon bald ans Werk. Er traf sich zuerst mit Urs, und der führte Goran mit Heidi zusammen, die nach ihrer Scheidung wieder ihren Mädchennamen angenommen hatte.

Eine Eigenschaft vereinte die drei Geschwister: Der Wille zum Abenteuer. So wurden ihre Rachefeldzüge eine äußerst spaßige Angelegenheit.

Hätte KK Hofer nicht jenes Magazin in die Finger bekommen, und hätte die verstoßene Ehefrau, Helene Jukowitsch nicht ihr Versprechen gebrochen, so hätte das „Trio Infernale" ungestraft weitermachen können.

So aber wurden die drei Geschwister vor Gericht gestellt und verurteilt.

Urs Krüger, dem der Mord an dem Wachmann durch seine Schussverletzung am Oberarm nachgewiesen werden konnte, wurde zu lebenslanger Haft verurteilt.

Goran Jukowitsch, der Spaßvogel der Truppe, bekam 15 Jahre, wurde aber nach 12 Jahren wegen guter Führung vorzeitig entlassen. Sein Markenzeichen, das

„Kompliment", welches er bei den Überfällen praktizierte, war auf eine Ballettausbildung zurückzuführen. Er wollte als Kind gerne tanzen lernen, und sein Stiefvater hatte es ihm tatsächlich ermöglicht, wenn auch schweren Herzens.

Über ihn, genauer gesagt, über einen Mitarbeiter der montenegrinischen Botschaft, hatte sich Goran auch die falschen Papiere besorgen lassen. Ulf besaß zwei Pässe. Einen auf den Namen Ulf Krieger und einen auf den Namen Goran Jukowitsch. Da sich die Brüder glichen wie ein Ei dem anderen, fiel es niemand auf, wenn Urs den Pass auf den Namen seines Bruders vorzeigte, wenn er im Ritz eincheckte.

Heidi Krüger, der dritte Teil des Kleeblatts, wurde als Mitläuferin behandelt und bekam nur 5 Jahre aufgebrummt, wovon 2 Jahre zur Bewährung ausgesetzt wurden.

Dragan Jukowitsch wurde als Botschafter abberufen und durch Adriana Branković ersetzt, einem aufstrebenden Stern am Himmel der Diplomatie.

*****